KB053545

거미줄 위의 남자

김택란 장편소설

거미줄 위의 남자

김택란 장편소설

문학시티

차례

차례

거미줄 위의
남자

1. 호출

큰일은 평소의 해이함에서 일어나고, 화근은 방심에서 일어난다.

-『고문진보』

삼월이 코앞이다. 창밖에는 겨울의 흔적이 고스란히 남아 있다. 누렇게 시든 잔디 운동장을 둘러싸고 A중공업 인천공장 건물들이 빼곡히 늘어서 있다. 아직 움도 틔우지 못한 벚나무 가지가 바람에 흔들리고, 맞은편 건물 앞에는 공장에서 갓 출고된 중장비들이 줄지어 있다. 오후의 햇살 아래에서 지게차들은 더욱 노랗게 빛나고 있다. 페인트칠을 한 지 얼마 되지 않은 거다.

컴퓨터 키보드를 두드리는 소리가 사무실을 가득 채우고 있다. 코발트 색상의 파티션 위로는 업무에 열중하고 있는 여직원들의 머리만 보였다.

산차 생산관리팀 및 운송사, 그리고 글로넷의 회의가 있는 날이다. 오늘도 자정이 가까워야 집에 들어갈 것 같다. 매달 월말이 다가오면 겪는 일이지만 참으로 정신없이 돌아가는 하루다. 출고장에 다녀오느라 점심을 걸렀다. 일찌감치 먹어두지 않으면 저녁도 꼼짝없이 굶게 생겼다. 사무실 벽에 걸린 시계가 십분 전 다섯 시를 가리키고 있다. 회의는 여섯 시부터 시작될 것이다. 회사 식당에 가서 이른 저녁이라도 먹어두지 않으면 아우성치는 위장을 견디어내지 못할 것 같다. 벽시계를 흘깃 돌아본 김부장이 서둘러 자리에서 일어났다. 그때 전화벨이 요란하게 울렸다.

"부장님, 인사과 박과장님 전화 왔어요."

김이설씨가 사무실 문을 열고 나가려는 김부장을 불렀다. 김부장은 출입문 앞에 엉거주춤 선 채 전화를 받았다.

"네, 김준영입니다."

"예, 부장님, 저 서울 인사팀 박과장입니다."

"아, 박과장이 웬일이요?"

"예, 오늘 저 좀 만나셔야겠습니다."

인사팀 박과장이라면 지금이 한창 바쁠 때라는 걸 뻔히 알 만한 사람이다. 그런 그가 갑자기 전화한 것도 이상한데 난데없이 만나자고까지 했다.

"무슨 일인데 새삼스레 보자는 거요? 오늘은 회의가 있어서 도저히 시간을 낼 수 없을 것 같은데 이번 마감 마치고 한 번 봅시다."

"늦게라도 오늘 꼭 봬야겠습니다. 몇 시쯤이면 시간이 되겠습니까?"

"나 원 참, 박과장은 지금이 제일 바쁜 때란 걸 몰라서 그러는 거요?"

"예 압니다. 그래도 꼭 봬야겠습니다."

이상한 일이다. 이렇게까지 억지를 부릴 때는 나름대로 분명 이유가 있을 거다. 혹시? 순간, 인사문제일지도 모르겠다는 생각이 김부장의 머리를 스쳤다. 회사가 A그룹으로 넘어간 지도 벌써 칠 년째다. 처음 회사를 인수할 때는 전원 고용승계를 약속했었다. 그렇지만 그것은 인수 절차상의 인사치레일 뿐이었다. 그동안 김부장과 함께 입사했던 동기들이 이런 저런 이유로 명예퇴직을 당했다. 어쩌다 경조사가 있을 때 만나게 되는 입사 동기나 선후배들은 아직도 회사에 몸담고 있느냐며 김부장을 경이로운 시선으로 바라보았다. 그런 김부장도 이제는 정년을 불과 삼 년여밖에 남겨놓지 않았다.

최근, 김부장은 마음이 한결 편해졌다. 이삼 년 전부터 A그룹 모회사의 물류담당 부서가 그에게 러브콜을 해왔다. 앞으로 일개 부서가 아닌 당당한 그룹의 계열사가 될 예정이라며 합류하기를 권했다. 물론, 김부장이 회사에서 맡고 있는 기계 운송에 대한 물류 업무를 그대로 갖고 가는 조건이었다. 어차피 정년을 몇 년 남겨놓지 않은 김부장이었다. 늘 동료들을 돌아보며 노심초사하는 것도 지겨웠다. 남은 임기나마 보장받는 것도 괜찮을 것 같았다. 결국 일 년 전, 김부장은 그룹 내에서 자리를 이동했다. 그러니 이제 그에게는 명예퇴직이란 없을 것이다. 하긴, 지난 연초의 인사고과 성적이 회사 내에서 최고였다. 혹시나 좋은 소식이 있을지 모른다는 생각도 들었다.

"대체 뭔 일인데 그래요? 여섯 시부터 회의니까 아무리 빨라도 아홉 시는 돼야 할 거요."

"예, 그럼 아홉 시 삼십 분에 중간지점인 신도림역 부근에서 뵙지요."

김이설씨가 컴퓨터 모니터를 들여다보는 척 하면서 흘끔거리고 있었다. 김부장은 전화를 끊고서야 그것을 눈치 챘다.

2주 전쯤 김이설씨가 면담을 요구했다. 그녀는 다음 달까지만 출근하고 회사를 그만두겠다고 했다. 퇴직하려는 사유가 무엇인지 김부장이 물었다. 그녀는 외국에 나가게 되었다고 했다. 집안 형편이 어렵다더니 갑자기 유학? 김부장은 의아한 점이 많았지만 자세히 물어보고 싶지 않았다. 그렇지 않아도 눈에 거슬리는 점이 많은 여직원이었다. 예뻐해 줬더니 할아비 수염까지 뜯는다는 옛 말이 아니더라도 하필이면 김이설씨가 통화내용을 엿듣고 있었다. 김부장은 입맛이 싹 달아나버렸다.

2. 통고

그날따라 협력업체간 회의가 길어졌다. 출하장에서 기다리는 시간이 점점 늘어나는 것과 기사들이 대기하는 동안 그들에 대한 편의제공도 문제가 되었다. 이미 여러 달째 회의 때마다 대두되는 주제였다. 하긴, 출고를 기다리는 동안 제대로 된 휴게실에서 시간을 보낼수 있게 해준다면 기사들의 피로가 훨씬 줄어들 것이다. 물론 그들이쾌적한 정신 상태와 육체를 유지한다면 장거리화물 운송과정에서의문제를 사전에 방지하는데 큰 도움이 될 수 있을 것이다. 문제는 비용이다. 회사는 결코 기사 휴게실을 따로 장만해줄 만큼 후덕하지 않다는 것이다. 김부장은 급격히 밀려드는 피로를 느꼈다. 며칠째 이어진 야근으로 온 몸이 물 먹은 솜처럼 늘어졌다. 박과장을 만나는 건다음으로 미루고 싶다. 바쁜 줄 알면서도 굳이 오늘 중에 봐야겠다는박과장이 이해되지 않았다.

김부장이 신도림역 광장에 내려섰다. 테크노파크니, 백화점이니 하는 각종 쇼핑몰들이 눈앞에 펼쳐져 있다. 김부장에게 신도림역은 지하철을 환승하는 곳일 뿐, 그 동안은 굳이 역 밖에 나갈 일이 없었다. 낯선 역 광장에 서서 두리번거리는 자신의 모습이 마치 시골에서 방금 상경한 촌뜨기처럼 여겨졌다. 다행히 박과장을 만나기로 한 숯불 갈비집은 바로 찾을 수 있었다. 박과장이 문을 열고 들어서는 김부장을 보고 손을 번쩍 들며 아는 척했다.

"여깁니다."

"이 늦은 시간에 대체 뭣 때문에 보자는 겁니까?"

김부장이 불편한 심기를 나타내며 투덜거렸다.

"시장하실 텐데 먼저 식사부터 하시죠."

어디 가서 사우나라도 하고 푹 자고 싶은 김부장이다. 오늘 먹은 거라고는 출근하면서 새벽 참에 먹고 나온 누룽밥과 하루 종일 마셔 댄 커피뿐이다. 피로가 지나쳐서 입맛조차 없다. 밥을 먹는 둥 마는 둥 했다. 용건은 꺼내지도 않고 날씨가 여전히 춥다는 둥 딴전을 피우고 있는 박과장을 보며 김부장은 치밀어 오르는 짜증을 간신히 참았다. 자기보다 직위는 아래지만 어쨌든 글로넷의 인사팀에서 근무하는 박과장이다.

"자, 밥도 먹었으니 본론으로 들어갑시다. 대체 무슨 일이요?"

자리를 옮겨 커피숍에 앉자마자 김부장이 재촉했다.

박과장은 그의 눈길을 피한 채 잠시 어물거리더니 갑자기 정색을 하고 말했다.

"부장님, 회사를 그만두셔야겠습니다."

"뭐?"

"부장님에 대한 투서가 들어왔어요."

"도대체 무슨 소리야? 투서라니? 내가 뭘 어쨌다고 투서? 하! 이봐,

똥 쌀 시간도 없이 바쁜 사람 불러놓고 지금 장난하는 거요? 아무리 농담이라도 지나치구먼."

김부장은 투서가 들어왔다는 말에 어이가 없다. 아니, 망연자실했다.

"그래, 대체 내가 뭘 잘못했다는 거요? 투서라면 내용이 있을 거 아니요?"

"그게 말입니다, 부장님께서 여직원들한테 성희롱 비슷한 거 하신 적 있으시죠?"

"뭐? 성희롱? 허참, 자네 지금 그걸 말이라고 하나? 대체 그게 뭔데?"

김부장은 머릿속이 하얗게 비워지는 것 같다. 성희롱이라니, 물론 그동안 매스컴에서 많이 들어왔던 말이다. 그런데 그게 다른 사람도 아닌 자신이 그랬다니. 이게 무슨 말 같잖은 소린가. 대기업에 근무한 삼십여 년 동안 다양하고 어이없는 사건들을 많이 보아왔던 김부장이다. 오랜 경험으로 그는 여직원들을 대할 때 나름대로의 원칙을 세우고 철저히 지켜왔다. 그러기에 성희롱 같은 것으로는 누구도 거론조차 할 수 없을 거라고 자부했다. 그런데, 그런 그가 성희롱을 했다니….

"이봐요, 박과장. 원, 말도 안 되는 소릴 하고 있지만, 그렇다면 대체 누가 그런 되도 않는 투서를 했다는 거요?"

"그거 말씀드릴 수 없습니다. 어찌됐든 투서가 들어온 것은 사실이고 윗선에서는 부장님을 사직시키는 것으로 얘기되고 있습니다."

"아니? 누가 했는지 알려주지도 않고 무조건 사직하라고? 진실을 밝히려고도 않고 그만두라고? 박과장은 이게 말이 된다고 생각하는 거요?"

"부장님께서 하실 일은 사실을 인정하는 것밖에 없습니다."

박과장이 이마를 잔뜩 찌푸린 채 말했다. 그는 김부장이 성희롱을 했다고 기정사실화하고 있다.

"이봐요 박과장, 삼십 년 동안 직장생활을 하면서 볼꼴 못 볼꼴 다 본 나요. 게다가 일 년 전 이 회사에 오면서부터 여직원들만 데리고 근무해야 하는데 그걸 내가 신경 쓰지 않았을 것 같아요? 내게는 아주 기본적인 원칙이 있어요. 저녁식사는 물론, 노래방 같은 곳에 여직원들하고는 절대로 출입하지 않는 거요. 그 원칙은 지난 일 년 동안 정확히 지켰으며 여직원들과 식사한 것은 점심시간 밖에 없고, 그것도 그들 속에 혼자서는 절대 가지 않고 서울에서 장대식 대리가 내려왔을 때만 함께 먹었어요. 또한 여직원들의 저녁식사가 필요할 경우에는 법인카드를 주고 나는 그 자리에 참석도 하지 않았어요. 그런 내가 언제 어떻게 누구에게 성희롱 같은 걸 할 수 있었을 것 같습니까."

"그래도 잘 생각해보십시오. 성희롱이라는 것이 꼭 술자리에 가야만 하는 것은 아니잖습니까? 부장님께서 기억하지 못해도 여직원들이 느끼기에는 성희롱으로 기분 나쁘게 생각될 수도 있었을 테니까요."

김부장의 완강한 부인에도 불구하고 박과장은 계속 성희롱을 인정하라고 강요했다. 그 태도는 상식적으로 생각해도 도저히 하급자가 상급자에게 할 수 있는 것이 아니다. 평생 자신의 삶에 대해 당당하게 살았다고 자부했던 김부장이다. 그런 그에게 하급자인 박과장이 모욕이라고도 말할 수조차 없는 기막힌 수치심을 유발시키고 있었다.

"난 그런 적이 없거니와 그런 말도 되지 않는 투서 같은 건 절대 인정할 수 없어요."

김부장은 화가 솟구치는 것을 가라앉히려 애썼다. 냉정해져야 한다고 스스로를 타이르며 자신에게 마인드 콘트롤을 주문했다.

"이미 부장님을 대기 발령 내기로 결정됐습니다."

"허 참나, 기가 차서… 난 절대 받아들일 수 없습니다. 정히 그렇다면 조사해 보세요. 난 당당하니까."

"그럼 내일부터 자리를 비워주셔야겠습니다."

"알겠소. 하루면 충분할 거요. 내일 내가 자리를 비우지."

"안됩니다. 최소 일주일은 비워줘야 합니다."

"뭐요? 도대체 말도 안 되는 일을 갖고 일주일씩이나 자릴 비우라고?"

박과장은 얼굴을 굳힌 채 아무 대답도 하지 않았다.

"좋습니다. 내가 일주일 동안 휴가를 내고 자리를 비우지요. 그 동안 확실히 알아보란 말이요."

자리를 박차고 일어서는 김부장의 다리가 후들거렸다. 성희롱이라니, 아무리 사람을 음해하고 싶어도 이건 해도 너무 했다.

그가 하는 일은 이권이 개입되기 쉬웠다. 그런 만큼 자리를 탐내는 사람이 많다는 것도 알고 있다. 그래도 설마, 회사를 옮기면서 약속받았으니 머지않은 정년퇴직까지는 기다려 줄 거라고 생각했다. 그런데 겨우 이삼년도 못 참고 멀쩡한 사람을 파렴치한으로 몰고 가려는 것이다.

늦은 시간의 전철은 사람들로 가득했다. 전철이 그들을 싣고 달리듯이 사람들은 하루의 피로를 온몸에 담고 있었다. 무표정한 얼굴로 손잡이 하나에 매달려 지탱하고 있는 사람들. 그들 중 어느 누구도 저 손잡이가 갑자기 끊어지고 한 순간 바닥에 나뒹굴게 될 거라고는 생각조차 못할 것이다. 그러니까 저렇게 손잡이 하나에 온몸으로 매달린 채 흔들리고 있는 것이다.

대체 누가? 뭘 어떻게 했다는 걸까. 아무리 생각해도 알 수가 없다. 사무실 안은 파티션으로 구분되어 있어서 그의 자리에서는 여직원들의 머리통만 보였다. 책상 아래에 감춰져 있는 여직원들의 다리 같은 건 볼 생각도 없었지만 아예 보이지도 않았다. 하물며 그들과 따로 사적인 자리를 가진 적도 없었다.

골똘히 생각에 잠겨있던 김부장이 고개를 들었을 때 출입구 옆에서 기둥을 잡고 서있는 젊은 여자가 그의 시선을 끌었다. 뭔지 모르게 여자의 표정이 매우 불편해 보였다. 여자의 바로 뒤에서 졸고 있는 남자가 자꾸 몸을 기대고 있다. 남자는 한 손을 머리 위의 손잡이를 잡고 다른 한 손은 바지주머니에 넣고 있다.

"뭐예욧!"

갑자기 여자의 비명소리가 들렸다. 사람들의 시선이 일제히 그들 쪽으로 향했다. 여자는 남자의 손이 들어있는 바지주머니를 움켜쥐고 소리쳤다.

"당신 미쳤어? 이게 대체 무슨 짓이야?"

"아, 미안. 깜박 졸다가 아가씨한테 좀 닿았을 뿐인데 너무 심하네. 그만 하지."

남자는 깜박 졸았다고 했다. 그럴 수도 있겠다. 그런데 여자가 얼굴을 붉으락푸르락 하며 남자의 가운데 부분을 노려보고 있다. 사람들의 시선이 여자를 따라 그곳을 향했다. 거기엔 젖은 것이 분명해 보이는 얼룩이 점점 커지고 있었다. 마침 전철 문이 열리자 남자가 후다닥 뛰쳐나갔다. 봉변을 당한 여자가 자리에 털썩 주저앉았다. 그녀는 얼굴을 무릎에 파묻은 채 어깨를 들썩였다. 당황하고 창피해서 울고 있는 것 같다.

한 순간의 해프닝이었다. 김부장은 쿵쾅쿵쾅 소리와 함께 그의 심장이 마구 떨리고 있다는 것을 알았다. 방금 본 행동, 그런 추악한 행동을 하는 축에 자신의 이름이 거론되고 있다. 다리가 후들거려서 서 있기조차 힘들다. 다음 역에서 내린 김부장은 매점에서 담배를 샀다. 일 년 전 회사를 옮기면서 그는 금연에 성공했었다.

3. 고백

　분노가 용암처럼 김부장의 가슴속에서 분출했다. 내용이라도 알아야 대처를 하든지 할 것 아닌가? 그가 펄펄 타는 가슴을 움켜쥐고 방황하는 동안 머릿속은 점점 차가워지고 있었다. 아무리 생각해봐도 알 수가 없다. 무슨 오해가 있었을 거다. 어떻게든 눈앞에 닥친 이 기막힌 상황을 헤쳐 나가야만 한다.

　지하철 역사를 나왔다. 집으로 가는 길목에 공원이 있다. 그는 몇 걸음 가지도 못하고 다시 공원 벤치에 주저앉았다. 담배를 꺼내 물었다. 누군가 옆에서 손을 내밀었다. 돌아다보니 바로 옆 벤치에 사람이 있었다. 가로등 불빛 아래서 봐도 꾀죄죄한 옷차림과 옹송맞은 얼굴이 노숙자라는 걸 알려주는 것 같다. 잠시 망설이던 김부장이 담배를 통째 주어버렸다. 노숙자의 얼굴이 한껏 밝아지더니 이내 비굴한 표정으로 다시 손을 내밀었다. 뭘 더? 하는 표정으로 김부장이 바라보자 노숙자는 김부장의 손에 쥐어져 있는 라이터를 가리켰다. 그제야 알아차린 김부장이 라이터까지 주어버렸다. 노숙자는 헤벌쭉한 웃음을 흘리며 벤치 끝에 가서 앉았다. 막막한 심정으로 노숙자를 바라보고 있던 김부장은 정수리부터 소름이 내리꽂히는 듯한 충격을 받았다. 노숙자의 모습에서 자신의 미래를 보고만 것이다. 사건이 이대로 진행된다면 바로 저런 모습으로 길거리를 헤매게 될지도 모른다. 안된다 안 돼. 절대 이대로 당할 수는 없다.

아내가 현관에 들어서는 김부장을 미소 띤 얼굴로 맞이했다. 그녀는 늦어지는 남편의 귀가를 기다리며 드라마를 보고 있었다. 월말에는 당연히 남편의 귀가가 늦어질 거라고 알고 있다. 나이가 들어가면서 김부장은 새삼 아내의 자리를 크게 느끼고 있다. 아무것도 모르는 아내가 그를 향해 웃고 있다. 김부장은 다시 한 번 가슴속에서 쿵 소리를 내며 돌덩이가 내려앉는 소리를 들었다.

김부장이 어금니를 꽉 물고 말했다.

"잠깐 앉아봐. 당신한테 할 말이 있어."

아내가 그의 표정을 살피며 맞은편에 앉았다.

김부장은 어디부터, 어떻게, 얘기를 꺼내야 할지 난감했다. 다른 것도 아니고 성희롱이다. 그렇게 추한 사건에 연루되었다고, 직장에서의 처지가 곤란해질 수도 있다고, 어떻게 말을 전해야 하는 것인지 가슴이 답답하다. 그냥 말하지 않고 넘어갈까? 내가 그러지도 않았는데 아내까지 알게 할 필요가 있겠어? 어차피 결백은 밝혀질 것이고 굳이 말할 것 까진 없다. 이거야말로 아내와 아이들에게 쪽팔리는 정도가 아닌 낯도 못 들 일이다. 이미 수 없이 공원에 앉아서 고민했던 일이다. 결심을 하고도 차마 입이 떨어지지 않았다. 김부장은 숨을 크게 들이마셨다가 내뱉었다. 마침내 그가 입을 열었다.

"지금 서울에서 내려오는 길이야."

아내는 그의 얼굴만 쳐다보고 있다.

"잘 들어. 누가 날 갖고 투서했나봐."

"네? 당신이 무슨 잘못을 했는데?"

김부장은 다시 어금니를 악물었다.

"내가 말이지, 글쎄 내가 성희롱을 했다는 거야."

"무슨…… 당신이? 언제? 누구를?"

아내가 잠이 확 달아난 표정으로 그에게 물었다.

"나도 몰라. 아무리 생각해도 그럴만한 일이 없는데 나도 모르겠어. 누가 그랬는지도 알 수 없고."

"당신 혹시 여직원들 데리고 노래방 간 적 있어요?"

"아니, 절대로 그런 적 없어. 걔들하고는 저녁도 같이 안 먹는걸. 기껏해야 점심이나 먹고 그것도 장대리가 있을 때나 같이 했지."

"말도 안 돼. 그래도 뭔가 있으니까 했을 거 아녜요. 당신 도대체 어떻게 하고 다니기에 그런 일이 생기게 해요. 애들 보기 부끄럽지도 않아요? 기가 막혀서 원."

"아니라니까, 난 절대 그런 적 없어. 그렇지 않아도 수치스러워 죽고 싶은데 당신이 날 안 믿어주면 나더러 어쩌라는 거야?"

"그럼 도대체 누가 당신한테 무슨 억하심정이라도 있어서 그런 일을 벌였다는 거예요?"

"그러게. 당신도 잘 생각해봐. 누가 그랬을지 우리 같이 좀 생각해보자. 아무리 생각해도 모르겠거든."

그제야 아내는 이상하다는 표정으로 김부장을 쳐다봤다.

"정말, 당신 아닌 거죠?"

"그렇다니까. 이 사람 참……."

"그럼, 당신이 누구한테든 미움살만한 일 한 적 없는지 생각해봐요."

"글쎄, 굳이 그렇게 까진…… 여직원들이 날 무서워하긴 하지. 일 잘못하면 야단도 치고. 그렇다고 설마 성희롱으로 몰았으려고."

"그거야 모르죠. 여자가 한을 품으면 어찌되는지 몰라서 그래요?"

아내의 말을 듣고 김부장은 곰곰이 생각에 잠겼다. 지난주에 김이설씨가 사직서를 냈다. 지금 그 후임으로 새로운 여직원을 뽑아놓은 상태다. 그 여직원은 비록 비정규직으로 일했어도 그쪽 본부에서 제법 일을 잘 한다고 알려져 있다. 김부장도 업무상 여러 번 부딪쳐 봤지만 일솜씨가 깔끔했다. 그 여직원이 들어오면 동갑인 박지선의 위치가 좀 흔들릴 지도 모른다. 김부장은 그걸 노리면서 새 여직원을 구했던 것이다. 박지선은 입사한 지 일 년가량 지났는데도 아직까지 일처리가 미숙했다. 그럼에도 불구하고 비슷한 시기에 입사한 여직원 셋 중에서 제일 나이가 많다는 이유로 박지선은 다른 여직원들을 간섭하고 지시하려 들었다. 그것은 비효율적일 뿐만 아니라 업무에도 많은 부담이 되고 있다. 그래도 그렇지, 설마! 박지선이?

김부장의 얘기를 들은 아내가 말했다.

"아니, 그건 아니에요. 아직 그 여직원이 입사도 안 했는데 자기 위치가 흔들릴 것까지는 생각 못 할 거예요."

그들 부부는 생각에 잠긴 채 서로의 얼굴만 멀뚱멀뚱 바라봤다.

갑자기 아내가 큰 소리로 말했다.

"맞다."

"뭐가?"

"당신 작년에 엄청 속상해 했던 일 있잖아요? 여직원이 일은 안 하고 채팅하고 있어서 혼냈다며? 그때 걔가 그만둔다고 일주일이나 출근도 안 했다며?"

"아, 김이설씨? 걔가 왜? 잘못했다고 빌어서 용서해줬고 지금까지 잘 다녔는데."

아내가 한심하다는 표정으로 김부장을 쳐다봤다.

"당신은 여자를 몰라도 너무 몰라. 걔가 일주일이나 출근을 안 했을 땐 얼마나 이를 갈았겠어요. 그땐 직장을 그만 둘 수 없으니까 할 수 없이 빌었겠지만 속으론 복수할 기회를 노리고 있었을 걸요?"

"설마?"

"잘 생각해봐요. 여자가 한을 품으면 오뉴월에도 서리가 내린다는 말이 괜히 있는 줄 알아요?"

아내의 말을 듣고 보니 그런 것도 같았다. 하지만 김이설은 사직서를 내지 않은가. 그만두는 마당에 뭐 하러 그런 짓을 벌인단 말인가.

"여보, 김이설씨는 지난주에 사직서를 냈어. 아무래도 자리가 걱정되는 박지선씨가 아닐까?"

아내가 답답하다는 표정으로 그에게 짜증냈다.

"내 말이 맞을 테니까 잘 생각해봐요. 당신이 화내면 나도 무서운데 걘 오죽했겠어? 그만큼 속으론 벼르고 있었을 걸요. 게다가 회사를 그만두는 마당이니, 이 때다 싶어서 골탕 좀 먹어봐라 하는 거지."

하긴 이상하긴 했다. 김부장은 김이설씨네 형편이 어려운 걸로 알고 있었다. 사직서를 받고 사유를 물었을 때 그녀는 어물쩍거리며 외국에 간다고 했다. 김부장이 공부하러 가느냐고 묻자 그녀는 그렇다고 했다. 뭔가 이상하긴 했어도 굳이 관여하고 싶지 않았다. 그녀는 지난 가을, 입사한 지 한 달쯤 되었을 때부터 이미 김부장의 눈 밖에 났던 것이다. 정말 아내의 말처럼 그런지도 모르겠다.

4. 채팅

작년 9월 초순의 일이다. 계절은 입추를 지났다고 하지만 더위는 여전히 기승을 부렸다. 월말이 지났지만 인천출장소는 8월의 결산도 끝내지 못하고 있었다. 입사한 지 얼마 되지 않은 여직원들은 가르치고 가르쳐도 실수투성이다. 그날따라 지게차 출고장에 다녀오던 김부장은 땀에 흠뻑 젖은 채 지쳐 있었다. 현장에서 일하는 직원들에게 미안해서 그는 덥다는 말도 할 수 없었다.

사무실 문을 열자 시원한 에어컨 바람이 얼굴을 훑으며 열기를 식혔다. 김부장이 오전에 외출할 때처럼 사무실은 여전히 부산스러웠다. 그는 자기가 추천해서 입사한 여직원들이 열심히 일하는 모습을 보자 지쳤던 것도 잊고 잠시 기분이 흐뭇해졌다. 그는 자리에 앉아서 컴퓨터를 켜고 들어온 상황 보고를 읽었다. 그때 어디선가 킥킥대며 웃는 소리가 들렸다. 김부장이 고개를 들고 파티션 위로 둘러봤다. 김이설이 머리를 앞뒤로 흔들어대며 웃고 있었다. 며칠 전에도 김이설이 혼자 소리 내며 웃고 있는 것을 본 적이 있다. 도대체 일하다 말고 왜 저렇게 웃는 거지? 이상하게 여긴 김부장이 다가갔다. 그런 줄도 모른 채 김이설은 컴퓨터 화면에 얼굴을 박고 킥킥거렸다. 김부장이 파티션 위로 얼굴을 내밀고 그녀의 컴퓨터 화면을 봤다. 그녀는 일을 하고 있는 것이 아니었다. 친구들과 카카오톡으로 채팅을 하고 있는 중이었다. 김부장의 얼굴이 일그러졌다.

"김이설씨, 지금 뭐하고 있어요?"

김이설이 고개를 들더니 황급히 컴퓨터 화면을 꺼버렸다.

"부, 부장님."

"자넨 지금 한가하게 채팅을 해도 된다고 생각해요? 동료들이 지금 얼마나 바쁜지 자네 눈엔 안보이나?"

"……."

김이설은 말없이 고개만 숙이고 있었다. 김부장이 그 모습을 가만히 지켜보다가 말했다.

"자네가 맡은 일 다 했으면 내 자리로 가져오게."

김이설이 돌아서는 김부장을 불렀다.

"저기, 부장님. 아직 다 못 했는데요."

"뭐? 지금 무슨 소릴 하고 있어? 자넨 일도 마치지 않고 채팅에 열중하고 있었다는 건가? 회사가 자네 놀이턴 줄 아나?"

김부장은 겨우 가라앉혔던 더위가 분노로 변해 가슴 밑바닥에서 솟구치는 것을 느꼈다. 그는 숨을 크게 들이쉬며 흥분하지 않으려고 했다.

"지난번 내가 공부하라고 준 무역관계 책은 다 읽었어요?"

"아뇨."

"그래? 그럼 어디까지 읽었죠?"

"요기요."

김이설이 가리키는 곳은 5페이지였다. 어이가 없어진 김부장의 얼굴빛이 울그락불그락 변했다. 김이설이 입사하자마자 일을 하는데 있어서 꼭 필요한 상식이니까 공부하라고 김부장이 줬던 책이다. 벌써 한 달이 다 되었다. 그의 얼굴을 보던 김이설은 얼굴을 감싸 쥔 채 자리에 주저앉아서 어깨를 들썩이기 시작했다. 순간, 당황한 김부장은 말문이 막혀버렸다. 다른 직원들이 이쪽을 흘깃거리고 있었다. 김부장은 아무 말도 못하고 자기자리로 돌아가 앉았다.

김부장은 화를 삭이며 출하 상황을 점검하기 시작했다. 군산 공장쪽 일이 자꾸 지연되고 있었다. 아무래도 한 번 다녀와야 할 것 같다. 무더운 날씨에 출장까지 가야한다고 생각하자 한숨이 저절로 나왔다. 김부장이 컴퓨터 모니터에서 고개를 들었을 때 그의 눈앞에 김이설이 서 있었다.

"무슨 일이죠?"

김이설의 눈가가 붉었다.

"저 회사 그만둘래요."

"뭐?

"저더러 그렇게 어려운 책까지 읽으라고 하시면 회사 그만둘래요."

김부장은 뭐 이런 애가 다 있나 싶었다. 요즘처럼 취직하기 힘든 세상에, 쥐꼬리만큼 받는 인턴 자리도 구하지 못하는 젊은이들이 허다한데. 아무리 어리다지만 도대체 제정신으로 하는 말인가 싶었다. 게다가 김이설은 다른 본부에서 비정규직으로 근무했던 것을 김부장이 지금의 정규직으로 옮겨준 것이다.

"자네, 지금 진심으로 하는 말인가?"

"네."

"그럼 정식으로 사직서를 제출하세요."

다음날 김이설은 출근하지 않았다. 다음날도, 또 다음날도. 그녀는 일주일 만에 모습을 드러냈다.

"부장님, 죄송해요. 제가 잘못했어요. 용서해 주세요."

김부장은 전화 한 통 없다가 일주일 만에 느닷없이 나타나서 용서를 비는 김이설을 이해할 수 없었다. 새삼스레 낯선 눈으로 그녀를 쳐다봤다. 김부장이 아무 말 없이 바라보고 있자 김이설이 그 자리에서 무릎을 꿇었다.

"부장님, 용서해주세요."

김이설은 무릎을 꿇은 채 울먹이기 시작했다. 도대체 알 수 없는 아이다. 어려운 환경에서 자랐고 여상을 졸업했다기에 기회를 주면 남들보다 더 노력할 줄 알았다. 그런데 아니다. 나이도 어린 것이 대학을 졸업하고 입사한 언니들보다 화장이 더 짙었다. 옷도 예사롭지 않았다. 너무 짧거나 혹은 너무 깊이 파였거나, 아무튼 민망해서 그냥 바라보기도 쉽지 않았다. 이미 여러 번 다른 직원들을 시켜서 주의를 주도록 했었다. 그렇지만 이제 와서 마음에 안 든다고 함부로 그만두게 할 수도 없다. 김이설이 마땅치 않아도 김부장은 받아들여야 했다. 그게 작년 9월의 일이다.

5. 휴가

김부장은 출근하지 않았다. 한낮에, 그것도 남들 한창 일하고 있을 평일 한낮에 출근하지 않고 빈둥거렸다. 시간은 정지된 것처럼 느렸다. 그는 일주일만 기다리면 자신의 결백이 밝혀질 거라고 믿었다. 그렇지만 문득문득 '성희롱'이라는 단어가 떠오를 때마다 얼굴이 화끈거렸다.

새삼 아내의 눈치를 살피게 되었다. 지난 30여 년을 한결같이 새벽 출근했다. 과음이라도 한 다음 날에는 납덩이처럼 무거운 머리를 들어올리기도 힘들었다. 그런 날은 하루쯤 제치고 늦잠이라도 자고 싶었다. 도로가 한가로운 평일이면 여행도 하고 싶었다. 그러나 목구멍이 포도청이라는 말처럼 언제 떨려날지 모르는 월급쟁이다. 그나마 연월차가 있던 시절은 좋았다. 언제부터인지 능력급이니, 연봉제니 하면서 수당으로 지급되던 연월차를 모두 휴가로 사용하라고 했다. 말이 그렇지 실제로 그 연월차를 제대로 사용해본 적이 언제인지 모른다. 회사에서는 의무적으로 모두 사용하라고 했지만 실제로는 휴가를 신청하고도 출근해야 했다. 휴가 중인 사람을 찾아대는 상사의 의중은 대체 뭐란 말인가. 그래도 묵묵히 일했다.

막상 출근하지 않고 쉬려니 난감했다. 이건 정말 뜻하지 않은 휴가인데, 그렇게 소원하던 휴식의 시간이 주어졌는데 여행을 떠날 수도 없다. 어디에 가서 무엇을 해야 할지, 누구를 만나야 할지, 도무지 막막하기만 했다. 그가 비워야 하는 시간과 자리가 그를 묶어놓고 있었다. 냉정해져야 했다. 초연해져야 했다. 판단력을 잃지 않으려면 치미는 화를 삭여야 했다. 남들의 시선도 신경 쓰였다. 이웃 사람들이 출근하지 않는 그를 의심의 눈빛으로 지켜보는 것만 같다. 그나마 아내가 간간히 나가던 강의 일정도 취소하고 그와 함께 시간을 보냈다. 그리고 보니 아내 없이는 밖에 나가는 것도 불편하다. 그 일주일은 이제까지 그의 인생에서 가장 긴 날들이었다.

6. 김이설

　드디어 작전이 개시된 모양이다. 전화를 받는 김부장의 표정과 말투가 똥 밟은 사람마냥 잔뜩 찡그려졌다. 김이설은 바짝 긴장했다. 이럴 때는 운송장 화면을 부팅해 놓고 들여다보는 척이라도 해야 한다. 그녀는 김부장의 통화내용에 신경이 쓰였다. 김이설은 주말에 만났던 최상무의 말이 생각났다. 아무래도 그 일로 통화하는 것 같다. 전화를 바꿔줄 때 박과장의 음성도 매우 긴장되어 있었다.

　컴퓨터에서 신호가 울리고 있다. 이번에는 누굴까? 김이설은 어서 채팅창을 열어서 확인하고 싶다. 그렇지만 바로 옆에서 통화하고 있는 김부장의 눈치가 보였다.

　창밖 잔디 운동장 위에 눈부신 햇살이 쏟아지고 있다. 봄이 오고 있다. 김이설은 자신의 인생에도 봄날이 오고 있다고 생각했다. 이제 머지않았다. 바짝 긴장된 머리와는 달리 가슴은 쿵쿵 뛰며 날뛰는 것 같다. 통화를 마친 김부장이 사무실을 나갔다. 그의 얼굴에는 불쾌한 기색이 역력했다. 그의 뒤를 보며 김이설이 혀를 널름거렸다. 그 동안 김부장 밑에서 숨죽이며 살았던 시간도 이제는 안녕이다.

　컴퓨터 채팅창에서 용구가 기다렸다.

용구 : 뭐해?

용구 : 바쁘냐?

용구 : 이 기집애 열나 바쁜 모양이네 우쒸~

용구 : 꼰대 눈치 보냐?

용구 : 아~ 심심타~ 나만 집에 처박아 두고 너무하는 거지

용구 : 그치? 그치? 그치?

용구가 혼자서 채팅창을 도배질하고 있었다.

김이설이 답글을 쓰려다 말고 스마트폰을 들여다봤다. 카카오톡에 새로 들어온 글이 여럿 있다. 용구는 페이스북 채팅창 말고도 카카오톡에도 문자를 남겼다. 어지간히 심심한 모양이다. 용구는 그녀가 여상 다닐 때 알던 녀석이다.

김이설의 눈이 아이디 최장군에 쏠렸다. 그 창을 열었다.

최장군 : 피곤하지? 어제 너무 무리했던 건 아닌지 모르겠네. 자네 덕에
　　　　　아주 멋진 시간 보냈어.

최장군 : 오늘쯤 작전 개시될 모양이니까 자넨 모른 척 침착하게 일하게.
　　　　　내 또 연락함세.

예상했던 대로였다. 눈엣가시였던 김부장이 곧 제거될 거라는 생각에 김이설은 콧노래가 절로 흥얼흥얼 나왔다. 그녀가 의자를 뒤로 쭉 빼고 기지개를 켰다. 짧은 가죽 스커트 아래로 사슬문양 검정 레

킹스를 신은 그녀의 길쭉한 다리가 매끈하게 빛났다. 그녀의 옆에서 천경은이 의아한 표정으로 쳐다봤다.

"왜요?"

"아니, 이설씨 좋은 일 있는가 봐요? 웬일로 콧노래까지 흥얼대고."

"봄날이잖아요. 날씨가 참 좋죠?"

김이설의 눈에는 천경은이 바보처럼 보였다. 천경은은 아무것도 모른 채 눈을 동그랗게 뜨고 있다. 나이가 조금 더 많다고 윗사람 노릇하려는 천경은의 태도에 비위가 꼴렸다. 참 답답하기 그지없는 여자다. 출근할 때도 늘 청바지에 티셔츠 차림이다. 그 위에 입은 야상 점퍼는 겨우내 똑같은 옷이다. 세탁이라도 해서 입는 것인지 의심스럽다. 둘이 나란히 서면 자기보다 머리통 하나 만큼이나 작은데도 늘 고개를 수그리고 있어서 마치 비 맞은 참새마냥 꽁지머리가 청승맞게 보였다. 그뿐이랴, 천경은의 얼굴엔 어딘지 모르게 빈티까지 줄줄 흐르는 것 같다. 도대체 저런 여자를 사무실에 데려다 놓은 김부장의 안목이 의심스럽다. 하긴, 그런 위인이니 아무리 유혹하려 해도 꿔다 놓은 보릿자루처럼 눈치도 모른 채 혼쭐이나 낼 줄 아는 거다.

그동안 김이설은 틈나는 대로 김부장을 찔러 봤다. 회사 구내식당에 점심 먹으러 갈 때 다른 여직원들의 눈치 따위는 아랑곳없이 김부장의 팔짱을 끼고 매달렸다. 입사면접 때문에 서울 본사에 다녀오면서도 업무 관련해서 얘기를 더 해달라며 호프집으로 이끌어도 봤다. 결과는 한마디로 벽창호였다. 단지 그뿐이면 좋으련만, 그녀가 좋아하는 채팅을 못하게 하니 사무실에서 보내는 시간이 지루하기 그지없다.

그나마 김부장은 외근이 잦았다. 아침에 출근하면 사내 전자 보고를 통해서 업무를 처리하고는 대부분 출하장으로 나갔다. 오후는 거래업체에 가고 보세창고에도 가는 등 그가 사무실에 있는 경우는 극히 드문 편이다. 그럼에도 불구하고 입사한 지 얼마 되지 않아서 김이설은 김부장의 눈 밖에 나고 말았다.

그때까지 김이설의 눈이 비친 김부장은 직원들을 따뜻하게 배려할 줄 아는 상사였다. 그는 가능하면 점심식사를 회사 구내식당에서 직원들과 함께 했다. 일이 많거나 특별한 사항이 있을 때는 여직원들끼리라도 좋은 곳에 가서 식사하라며 법인카드를 내어주는 아량도 있다. 하물며 지난가을엔 거래업체에서 화주들에게 중국현지 견학시켜준다는 명목으로 여행을 보내주는 행사가 있었다. 김이설은 가고 싶어서 안달이 났다. 아침 회의 시간에 외국에 한 번도 가 본적이 없다는 둥 정말 좋겠다는 둥 하며 가고 싶다는 의사를 강하게 내비쳤다. 그런 그녀의 의중은 상관없다는 듯 김부장은 박지선을 추천했다.

박지선은 키가 작고 뚱뚱한 몸을 가진 여자다. 게다가 코가 묻힐 정도로 볼이 붉거져서 매우 욕심 사나워 보였다. 김부장이 박지선을 추천한 이유는 단지 여직원 중에서 선임이라는 이유였다. 선임이라고 해봤자 인천출장소가 생긴 지 겨우 여섯 달 밖에 되지 않았으니 겨우 여섯 달 선배일 뿐이다. 그뿐이 아니다. 박지선이 출국할 때는 직원들이 보는 앞에서 여행경비로 쓰라며 하얀 봉투까지 줬다. 김이설은 그 모습이 너무 부러웠다. 다른 직원들에게도 기회가 있을 거라고 김부장이 말했지만 김이설은 그때 알아버렸다. 김부장은 지금까지 그녀가 만났던 남자들과는 전혀 다른 부류의 인간이라는 것을.

7. 우산 속에서

입사하기 전의 일이다. 김이설이 앞으로 근무하게 될 사무실을 구경하고 싶다며 찾아온 적이 있다. 마침 점심시간이었다. 김부장은 회사 구내식당에서 모두 함께 식사를 하자고 했다. 밖에는 비가 내리고 있었다. 우산이 필요했다. 박지선과 천경은은 우산이 있었다. 우산이 없던 김이설이 김부장의 우산 아래에 끼어들었다. 김부장은 한 손으로 우산을 받쳐 들고 다른 손은 바지 주머니에 넣고 걸었다. 그건 평소 그의 습관이다. 그녀가 바지 주머니에 손을 넣고 걷는 김부장의 팔꿈치에 매달렸다. 다른 여직원들, 박지선과 천경은이 두 사람의 뒤에서 따라왔다. 그러거나 말거나 김이설은 슬쩍슬쩍 김부장의 팔을 잡은 손에 힘을 주었다. 그녀의 가슴을 그의 어깨에 갖다 대고 지그시 누르면서 김부장의 얼굴을 올려다봤다. 그런데도 김부장은 그녀를 못 느끼는지 지나가는 중공업의 직원들과 인사를 나누고 심지어 또 다른 부장이랑 대화를 나누며 걸었다. 그는 옆에서 김이설이 그의 팔을 잡고 있다는 것도 모르는 것 같았다.

김이설은 자존심이 상했다. 자신의 매력 앞에서 이렇듯 무관심한 남자는 처음이었다. 그것도 잠시, 식사를 마친 김부장이 다른 여직원들을 사무실로 먼저 돌려보내고나서 김이설을 식당 옆에 있는 회사 구내매점으로 데리고 갔다. 그가 우산을 고르라고 했다. 자기는 어떤 것이 여자에게 어울리는지 모른다며. 가격은 걱정하지 말고 이왕이면 예쁘고 맘에 드는 걸로 고르게 했다.

아버지 없이 자란 김이설이다. 그녀는 가슴이 뛰었다. 김부장의 세심한 배려가 너무 기뻤다. 아까는 사람들의 시선이 너무 많아서 무심한 척 했던 것이라고 생각했다. 김부장처럼 여자의 마음을 배려할 줄 아는 남자와 지낼 미래는 찬란했다. 그동안 그녀를 노리개처럼 취급한 최상무의 그늘에서 벗어날 기대감에 가슴이 두근거렸다. 김이설은 검은 물방울무늬가 선명한 핑크색 우산을 펼쳐들었다. 임시직으로 근무하던 사무실로 돌아가며 김이설은 행복했다.

8. 채팅

그건 김이설의 완전한 오산이었다. 그로부터 열흘쯤 지나고부터 글로넷에서 본격적인 근무가 시작되었다. 입사하고 며칠 지나지 않아서였다. 김이설은 평소처럼 컴퓨터 채팅방을 열어놓고 있었다. 회사의 컴퓨터는 화면이 커서 창을 두 개씩 열어둬도 충분했다. 회사 업무창과 함께 켜놓은 채팅창에 친구들이 뜨면 얼마든지 수다를 떨수도 있었다. 그날은 헤어진 남자친구, 지난겨울 군대에 입대하면서 헤어진 형철과 채팅을 했다.

형철 : 할만 해???
이설 : 웅, 조아조아 분위기도 그만이얌.
형철 : 그래? 횡재했네.
이설 : 얼빠진 놈~ 내가 너랑 같은 줄 알아?
형철 : 헐~ 뭐가 다른데?
이설 : ㅎㅎㅎ 난 미모가 우월하거든.
형철 : 헐 헐 헐~ 지나가던 개도 웃겠다 ㅋ 그건 미모가 아니라 개성이지 ㅋ.

이설 : 그 따위로 약 올릴 거면 꺼져.

형철 : 암튼, 너 같은 애가 그런 대기업의 정사원이라니… 그 회사 부
　　　　장이란 사람 정신 나간 모양 ㅋ

이설 : 미친놈, 꺼져

형철 : 그냥 해본 소리~ ㅋ ㅋ 다시 축하축하~

이설 : 맨입으로?

형철 : 저녁에 보자

이설 : 왜?

형철 : 밥 먹고 술 먹고.

이설 : 지랄~ 겨우 그거야?

형철 : 또 뭐?

이설 : 취직 축하 선물 줘야징~

형철 : 헐~ 나 자체가 선물인데 뭘.

이설 : 개자식~

그때, 또 다른 창이 떴다.

최장군 : 일은 할만한가?

김이설은 잠시 망설였다. 자기 여자라고 생각하는 말투다. 길면 꼬
리가 잡힌다는 옛말처럼 직원들이 자꾸 이상한 시선으로 보는 것 같
았다. 그대로 같이 근무하다가는 소문은 걷잡을 수 없이 퍼져나갈 것

이다. 무슨 수라도 써야겠다고 생각하던 참이었다. 마침 그룹 내에 글로넷이라는 신설 회사가 생기고 인천 공장의 물류관련 부서가 그쪽으로 흡수되었다. 여직원을 새로 뽑는다는 소문이 돌았다. 그런데 외부 공고가 아닌 사내 공고로 임시직원 중에서 채용한다는 듣던 중 반가운 희소식이다.

이때다 싶었다. 사무실을 옮기고 나면 사람들의 시선에서 멀어지고 최상무를 만나는 건 그녀가 필요할 때만 해도 될 것 같았다. 그녀는 최상무에게 말했다. 그들의 관계가 소문나면 곤란할 테니 글로넷에 추천에 달라고. 그래도 같은 회사의 울타리 안에서 볼 수 있지 않겠냐고. 그녀의 얘기를 들은 최상무가 흔쾌히 허락했다. 그뿐이 아니다. 김부장과 저녁식사를 하면서 그녀를 소개했다. 일을 아주 잘하는 사원이라고. 임시직이라서 곧 퇴사해야 하는데 너무 아깝다고. 그러니 글로넷에서 일하게 해달라고. 결과는 대성공이었다. 하긴, 모시던 상사가 아깝다고 추천한 거다. 게다가 최상무는 같은 중공업에서도 김부장의 상사였던 것이다. 그러니 어찌 거절할 수 있었으랴. 김부장은 순진하다 못해 어리석었다. 그는 최상무가 말하는 대로 믿었다. 덕분에 김이설은 아주 능력 있는 여직원으로 급부상했다.

뭐라고 할까? 김이설은 최상무의 채팅창을 보며 잠시 망설였다.

이설 : 넹~ *^^*
최장군 : 그래. 다행이군. 저녁에 시간 내게.

이건 또 뭐지? 사무실을 옮긴지 며칠이나 됐다고 벌써 보자는 것
인지.

이설 : 친구랑 약속 있어요.

최장군 : 그래. 그럼 내일 보지.

이설 : 근데~ 오자마자 낼부터 월말 결산에 들어간대요. 아마 늦을
　　　것 같은데요.

최장군 : 알겠네.

최장군의 창이 닫혔다. 형철이 창에서 계속 이설을 불러내고 있었다.

형철 : 야~ 뭐해 자냐?

형철 : 야~ 뭐해. 바쁘냐? 그럼 이따 회사 앞으로 델러 간다

이설 : 안 돼~ 어딜 온다고.

형철 : 그럼 해와달로 와

이설 : 우쒸~ 왜 자꾸 귀찮게 해

형철 : 야, 나 내일 입대한다.

이설 : 이런, 개 놈

형철 : ㅋ ㅋ ㅋ

이설 : 알써. 갈 테니 짱 박혀 있어.

형철 : 오키오키 ㅋ ㅋ ㅋ

이상한 분위기가 목덜미를 싸늘하게 만들었다. 소스라친 김이설이 채팅창을 닫고 고개를 들었다. 김부장이 바로 옆에 선 채 김이슬의 컴퓨터 창을 들여다보고 있었다. 대체 언제부터 보고 있었던 거지? 설마 최장군까지 본 건 아니겠지?

김부장의 얼굴이 굳어 있었다.

"김이설씨, 오전에 준 출고장 정리 다 했나요?"

"아직, 잘 모르는 단어가 있어서 못했어요."

"그래? 그럼 따라오세요."

김부장은 앞장서서 자기 자리로 가서 앉았다. 김부장의 책상 위에는 책꽂이 말고도 옆에 쌓아둔 책이 수북했다. 김이설은 보기만 해도 머리가 터질 것 같은 전문서적들이다. 김부장이 그 속에서 두툼한 책 한 권을 집어 들었다.

"지금 당장 모르는 건 박지선씨에게 물어서 해요. 그리고 이건 무역 기초에 해당하는 내용이니까 틈나는 대로 읽어보고. 다 읽고 나면 김이설씨가 해야 할 업무에서 모르는 말 같은 건 없게 될 테니. 나중에 확인할 거니까 꼭 읽어야 해요."

김부장은 채팅에 대해서 아무 말도 하지 않았다. 다만 얼굴이 굳었을 뿐이다. 다행히 최장군과의 채팅은 못 본 것 같았다.

9. 해와 달

　형철이 기다리는 해와달은 회사 통근버스를 타고 동암역에 내리면 된다. 계절은 늦여름이지만 아스팔트가 물렁거릴 정도로 아직도 폭염이다. 김이설은 냉방이 잘 된 통근버스에 오르면서 사람들을 훑어봤다. 회사 유니폼을 벗고 가벼운 티셔츠 차림의 직원들은 관리직원인지 현장근로자인지 구분이 어렵다. 그녀도 이제는 임시직원이 아니라 이들과 똑같은 그룹의 정식사원이다. 그 생각만 해도 가슴이 뻐근해졌다. 김이설은 버스에 오를 때 남자들의 시선이 몸에 와 닿는 것을 느꼈다. 시선을 아래로 하고 그녀는 가슴을 쭉 폈다. 속눈썹 연장술을 했던 것이 제대로 효과를 볼 참이다. 아무튼 남자들이란 어지간히 긴 걸 좋아한다. 긴 속눈썹, 긴 머리카락, 긴 손가락 그리고 그녀처럼 기다란 목까지. 김이설은 고개를 살짝 흔들어서 긴 머리카락을 날렸다.

　계약기간이 다가올수록 심란했다. 최상무는 걱정하지 말라고 했지만 그의 사무실에는 신규채용 계획이 없었다. 대체 최상무가 무슨 생각을 하는지 알 수 없었다. 김이설은 최상무가 자기를 쉬운 여자로 생각한다는 건 알았지만 그녀가 원하는 걸 얻을 수 있다면 참을 수 있다. 그래도 조금은 배려라는 걸 해주면 좋겠다고 생각했다. 최상무는 그녀를 품에 안고 있으면서도 아무렇지 않은 듯 아내와 통화를 했고, 통화를 하면서도 그의 손은 여전히 그녀의 몸을 더듬었다. 그의 품에 안겨있는 김이설은 살아있는 물건일 뿐이었다. 단지 그뿐이면 참을 수 있을 텐데. 그가 좋아하는 이상한 체위만은 정말 하기 싫다. 때때로 그녀는 하수구가 된 것 같은 기분이 들었다. 아이디 최장군이라는 상사의 정액을 받아내는 하수구. 그렇지만 그가 쥐어주는 현금을 포기할 수 없었다. 때때로 외국 출장에서 돌아올 때 안겨주는 명품 핸드백도.

김이설이 해와달에 들어서자 구석에 앉아있던 형철이 손을 번쩍 들었다.

"여기야."

김이설이 형철의 맞은편에 털썩 앉았다.

"뭐야? 일이 많냐? 피곤해?"

"아니, 근데 왜 자꾸 보자는 건데? 내일 군대 갈 거라면서."

김이설이 무뚝뚝하게 대답했다.

"지지배야, 군대 가기 전에 한 번 더 봐야지."

"왕재수. 너 없을 때 심심할 거 생각해서 나도 다른 사람 만나야 할 거 아냐."

"뭐? 그걸 말이라고 하냐? 조신하게 서방님 기다리고 있어야지."

"하, 막말도 가려서 해라."

형철은 이미 그녀가 좋아하는 파스타와 함께 치킨과 맥주를 시켜 놓고 있었다.

"지지배, 퉁퉁거리기는. 너 좋아하는 치맥이야. 배고플 텐데 어서 먹기나 해."

김이설은 포크로 면발을 돌돌 말아 올렸다. 형철이 입대하고 나면 외로울 거다. 최상무에게 시달린 다음 날이면 형철에게 위안을 받았다. 그녀가 다른 남자와 밤을 보냈다는 걸 아는지 모르는지 형철은 그녀가 쉴 수 있게 해줬다.

형철의 부모가 자기를 싫어한다는 것은 김이설도 알고 있다. 그들이 내색하지 않아도 그녀 스스로가 느끼고 있었다. 김이설은 홀어머니와 남동생과 어렵게 살았다. 겨우 실업계 고등학교를 마친 집안 환경을 트집 잡는다고 그녀는 생각했다. 그것도 어디까지나 그녀의 오산이다.

형철의 부모는 아들이 군에 입대하고 나면 어차피 헤어질 여자라고 생각했다. 그들은 그저 평범한 중산층의 부모일 뿐이다. 남매를 잘 키워 좋은 대학 보냈고, 당신들의 인생은 성공했다고 말하고 싶은. 그들의 눈에 비친 김이설은 한 마디로 비루했다. 그녀가 자랑하는 길고 매끈한 다리도 그들에게는 그물 스타킹을 신은 야한 다리일 뿐이고, 긴 머리는 너무 길어서 단정치 못했고, 긴 속눈썹은 싸구려 인조 속눈썹을 붙였을 뿐이다. 그녀가 아무리 가꾸고 단장해도 형철의 부모에게는 귀한 아들을 유혹하는, 천박한 여자일 뿐이다.

"맛있지? 나 입대하고 나면 어쩔래?"

열심히 파스타 접시를 비우는 김이설을 맥주잔 너머로 바라보며 형철이 말했다.

"걱정도 팔자야. 내 걱정 말고 너나 잘 해. 쓸데없이 총 들고 탈영했단 소문 듣지 않게. 난 그런 책임 안 질 테니까."

"말도 참 고약하다. 잘 다녀오라고 하면 어디 탈나냐?"

맥주잔을 들여다보던 김이설이 웬일인지 아무 말도 하지 않았다.

"야, 지지배야 뭐 하니? 고개 들어."

한참동안 고개를 숙이고 있던 김이설이 얼굴을 들자 그녀의 긴 속눈썹에 눈물이 맺혀 있다. 그 모습을 본 형철은 쿵 하고 가슴이 울리는 소리를 들은 것 같다.

"자, 선물."

형철이 의자 뒤에 숨겨두었던 쇼핑백을 건넸다.

"취직 축하 선물인데 하고 보니 이별 선물이 됐네 하하."

형철은 크게 웃으며 분위기를 바꾸려고 했다. 김이설은 그런 형철이 고맙다. 역시 좋은 부모 밑에서 잘 자란 놈은 뭐가 달라도 다르다. 그럴수록 자기만을 바라보며 사는 엄마와 동생이 야속하고 더욱 무거운 짐으로 여겨졌다. 아무튼 형철은 마지막 만남까지도 그녀를 위한 선물을 잊지 않았다. 김이설이 얼른 선물포장을 뜯었다. 그녀가 늘 갖고 싶었던 G지갑이다.

"고마워."

김이설은 테이블 너머로 몸을 기울여 형철에게 입을 맞췄다. 남들이 어떻게 보든지 그런 건 괘념치 않았다. 그녀가 좋으니까 그러면 되는 거다.

"우리 오늘 실컷 마시자. 언니, 여기 맥주 오백 두 개 더."

김이설이 카운터를 향해 소리쳤다. 카운터 뒤에서 손톱을 다듬고 있던 주인여자가 냉동실에서 새 맥주잔을 꺼내면서 혼잣말을 했다.

"여우같은 년."

참 많이도 마셨다. 해와달을 나설 때 그들은 누가 누구를 부축하는지 알 수 없을 정도로 뒤엉켰다. 그것은 다음날 날이 밝을 때까지 계속되었다.

10. 카드

　사무실이 분주했다. 늘 출하장이나 업체에 나가 있던 김부장도 자리에 앉아서 일하고 있었다.

　김이설은 아직 익숙하지 않은 업무를 하려니 좀 짜증이 났다. 그렇다고 동료들에게 일일이 물어보려니 자존심이 상했다. 어제 마신 술 때문에 종일 머리도 무거웠다. 김부장까지 자리에 있으니 채팅조차 할 수 없다.

　그때 김부장의 자리에서 전화벨이 울렸다.

　"아 네, 안녕하십니까?"

　"…"

　"네. 알겠습니다. 그러지요."

　말 그대로 용건만 짧게, 자기 스타일대로 전화를 마친 김부장이 김이설을 불렀다.

　"김이설씨, 전에 근무하던 중공업 부서에서도 월 마감해야 한다네요. 김이설씨가 가 줘야 하는 모양인데, 여기서는 아직 할 일도 많지 않을 테니 가서 도와주세요."

　김이설이 김부장 뒤에 걸린 시계를 봤다. 시간은 이미 오후 네 시가 넘었다.

"그럼, 그쪽에서 일 끝내고 퇴근할까요?"

"그래요."

김이설은 자리로 돌아가서 컴퓨터를 끄고 책상을 정리했다. 특별히 준비할 것도 없다. 어차피 유니폼도 입지 않고 있었으니 그대로 핸드백만 들고 나가면 되었다.

"아, 김이설씨, 잠깐만."

김부장이 다시 불렀다.

"여기 이 카드 갖고 가요. 마감하고 나면 통근버스가 끊길 거야. 버스노선도 불편할 텐데 택시 불러서 타고 가요."

김부장이 건네준 건 회사 법인카드다.

김이설은 카드를 받아서 핸드백에 챙겨 넣었다. 문을 열고 나서자 뜨거운 열기가 훅 몰려왔다. 숨을 쉬기도 힘들 만큼 세상은 지글지글 끓고 있었다.

김이설은 이전에 근무했던 본부의 문을 열고 들어섰다. 최상무가 기다리고 있었다.

"이설씨, 하던 일이니까 마감은 해줘야지. 안 그래?"

최상무가 큰 소리로 말했다. 그 소리에 분주히 일을 하던 직원들이 고개를 돌려서 그들을 쳐다봤다.

"이 과장, 이설씨 앉을 자리 좀 마련해주게."

최상무는 말을 마치고 유리 칸막이 너머 그의 사무실로 들어가 버렸다. 김이설은 이과장이 마련해준 자리에 앉아서 컴퓨터를 켜고 업무를 시작했다. 잠시 후에 채팅창에서 그녀를 불렀다. 최장군이다.

최장군 : 일은 많지 않을 거야.

김이설 : 넹.

최장군 : 대충 마감하고 거기로 오게. 직원들 눈도 있으니까 나 먼저
　　　　나갈게. 나중에 조용히 와.

김이설 : 넹.

최장군 : 참, 괜히 통근버스 기다리면서 시간 허비하지 말고 바로 와.
　　　　택시 타고.

김이설 : 넹.

최장군이 채팅창에서 나갔다. 잠시 후, 유리 칸막이 너머 그의 사무실 불이 꺼졌다. 문이 열리고 그가 나왔다.

"수고들 하게. 나 먼저 나가네."

최상무는 직원들이 모두 들을 수 있도록 크게 말하며 사무실을 나갔다.

김이설이 해야 할 업무량은 얼마 되지 않았다. 그녀가 하던 ERG는 어차피 전산으로 처리되어 있으니 몇 가지 사항만 입력하면 된다. 겨우 그것 때문에 그녀를 호출한 거였다. 김부장이 안다면… 김이설은 생각만 해도 실실 웃음이 나왔다. 일은 삼십여 분만에 끝났다. 최상무 덕분에 일찌감치 퇴근하게 되었다. 그런 반면에 오늘밤은 그와 함께 보내야 할 거다. 글로넷 사무실은 아직도 한창 분주할 것이다.

통근버스를 기다리기엔 시간이 이르다. 회사 앞에서 택시를 탔다. 여름 해가 뜨겁게 달궈낸 도시의 저녁이 온통 회색빛으로 피부에 끈적끈적 들러붙었다. 택시는 송도 신도시를 향해 해안도로를 달렸다. 김이설은 핸드백에서 김부장이 준 카드를 꺼내어 들여다봤다. 처음 만져보는 법인카드다. 이제껏 최상무는 현금은 줬어도 법인카드를 준 적이 한 번도 없었다.

11. 최상무

신도시는 역시 신도시답다. 그 흔한 체증도 없이 택시는 잘만 달렸다. 넓은 도로가 텅 빈 채 사람은 그림자조차 찾아보기 힘들다. 그래서인지 더위가 느껴지지 않았다. 마치 외계도시 같다.

베라는 호텔 안에 있는 이태리 정통 레스토랑이다. 참숯에서 직접 구워낸 신선한 육류와 해산물 요리를 맛볼 수 있어서 미식가들의 사랑을 받고 있다. 여름철인데다가 시간도 식사하기에는 아직 이른 편이어서 레스토랑은 한가하다.

창가에 자리 잡고 있던 최상무가 김이설을 보고 손을 번쩍 들었다. 김이설은 곧장 자리에 가서 앉았다.

"다른 사람들이 눈치 채지 못했지?"

"네."

"음… 어때? 그쪽 일은 할 만한가?"

"아직은 별거 없어요. 근데…"

"근데, 왜? 그게 뭔데?"

"그냥요, 김부장님이 저한테 자꾸 공부하래요. 무역실무래나, 그런 책을 주면서 읽으래요."

"그래? 하하하. 그 친구 재밌구만. 그래서?"

"뭐가 그래선데요? 그 두꺼운 책을 어떻게 읽어요? 생각만 해도 머리가 지끈거리는데."

"하하, 그냥 읽는 시늉이나 해. 어차피 자네가 할 일은 뻔한 거니까."

그때 웨이터가 다가왔다.

"아까 주문한 대로 갖다 줘요."

"네, 잠시만 기다리시면 됩니다."

웨이터가 주방 쪽으로 가고나자 최상무가 말했다.

"기다리는 동안에 내가 먼저 음식을 주문했어. 자네, 스테이크 좋아하지?"

"네."

"그럴 줄 알고 안심 스테이크로 주문했어. 수프는 제노비제 스타일의 매콤한 홍합 수프니까 입에 아주 잘 맞을 거야."

"제가 뭐 이태리 요리를 알기나 하나요. 상무님께서 알아서 시키셨겠죠."

"하하, 그렇군."

레스토랑을 둘러보던 김이설이 말했다.

"오늘은 사람이 별로 없네요?"

"아직 저녁 먹기에는 시간이 좀 이르지."

말을 마친 최상무의 입꼬리가 슬금슬금 올라가고 있다. 김이설은 그가 지금 무슨 생각을 하는지 짐작했지만 시선을 창밖으로 돌리며 모르는 척 했다. 창밖 중앙공원을 가로지르는 호수위에서 시원하게 물길을 가르며 수상택시가 달리고 있다. 한 여름의 염천 따위는 거짓말처럼 여겨지는 전혀 다른 세상 풍경이다.

웨이터가 와인을 디켄터에 따른 후 최상무의 잔을 채웠다. 최상무가 잔을 들고 살짝 흔들면서 코끝에 갖다 대었다.

"음, 심플하면서도 실키하게 느껴지는군. 좋아, 더 따르게."

와인을 입안에 물고 고개를 끄덕이던 최상무가 오케이 사인을 보냈다. 드디어 김이설의 잔에도 와인이 채워졌다.

"자, 우리 건배해야지?"

마침 목이 마르던 참이다. 김이설은 성급하게 꿀꺽 마셔버렸다.

"하하, 자네도 참 급하구만. 자자."

최상무가 그녀의 잔을 채웠다.

요리는 역시 맛있다. 적당히 익혀진 스테이크에서 핏물이 흐를 듯 말 듯 부드럽게 혀끝을 감돌며 씹혔다. 김이설은 와인 잔을 들고 불빛에 비췄다. 영롱한 빛이 감도는 루비 빛깔의 레드 컬러가 천정에 매달린 샹들리에 빛을 받아 더욱 깊어 보였다. 빈속에 마셔버린 와인이 그녀의 식도를 타고 흘렀다. 붉은 액체가 그녀의 위장을 휘젓고 흐르더니 온몸에서 불꽃을 터트리기 시작했다. 와인 잔 너머에서 최상무가 웃고 있다. 그가 몸을 숙여 룸 카드를 김이설의 메인접시 아래에 밀어 넣었다.

"먼저 올라가 있어."

최상무는 아무 일도 없다는 듯 자리에서 일어났다.

김이설은 카운터에서 계산하고 있는 최상무를 그대로 둔 채 베라를 나갔다. 엘리베이터에는 마침 모녀가 타고 있었다. 어린 소녀가 그녀를 보고 미소를 지으며 굿 이브닝 인사를 했다. 모녀는 아마도 교포인 듯 영어로 대화를 나누었다. 예닐곱 살 되어 보이는 딸이 아주 예뻤다. 김이설이 11층에서 먼저 내렸다.

김이설은 최상무가 준 룸 카드를 들여다보며 걸음을 옮겼다. 두툼한 카펫이 깔려 있는 복도 바닥이 푹신하다. 발소리도 전혀 들리지 않는다. 마치 구름 위를 걷는 것 같다. 김이설은 이런 특급 호텔을 자유자재로 이용할 수 있는 신분이 된 기분이다. 그녀는 느긋하게 도어에 카드를 갖다 대었다.

12. 외출

　김부장은 자기가 처해있는 상황이 도무지 난감할 따름이다. 차마 입으로 내뱉지 못하는 언어가 말이 되어 나오기는커녕 얼굴 근육조차 굳어버렸다. 가슴속은 납덩어리가 들어앉은 것처럼 무겁게 내려 앉았다.

　딸들을 볼 용기가 없는 김부장은 침대에서 일어나지 못했다. 아내가 딸들에게 아빠는 휴가중이라고 둘러댔다. 그동안 부족했던 잠을 더 자야 하니까 깨우지 말라고 했다.

　아내가 바람이라도 쐬러 가자며 그의 손을 잡아끌었다. 아내와 함께 길을 나선 건 정말 오랜만의 일이다. 그것도 남들 다 출근한 한낮에.

　평일의 인천대교는 한산하다. 가을도 아닌데 초봄 날씨치고는 유난히 청명한 하늘이다. 그 하늘이 김부장의 시린 가슴을 더욱 시리게 만들었다. 사장교의 주탑이 눈앞으로 밀려왔다. 다리의 마지막 상판을 동쪽과 서쪽에서 연결할 때 서로 딱 들어맞았으니 저 숱한 케이블이 당기는 힘만으로도 이 다리의 무게를 견딜 수 있는 것이다. 바다 한가운데서 만난 다리 정상이 가까워지자 멀리 팔미도의 등대까지

선명하게 보였다. 그는 대체 무엇과 맞지 않아서 조직에서 튕겨져 버렸을까.

김부장은 서두르지 않았다. 어차피 시간을 정해놓지도 않았다. 마땅히 갈 곳도 없는 그였다. 그의 양옆에서 차들이 경적을 울리며 지나갔다. 목적지를 가진 자들은 그렇게 서둘러 옆을 스쳐갔다. 그는 자동차의 방향을 어디로 돌려야 할지 몰랐다. 무작정 앞만 보고 달렸다. 늘 그랬던 것처럼.

길 끝에 바다가 있다. 바다는 늘 있었다. 단지 그가 인식하지 못하고 지냈을 뿐이다. 김부장이 다니던 회사 부지도 바다에 인접해 있다. 젊은 시절의 그는 점심식사를 마치고 나면 공장 뒤쪽의 방파제에서 산책을 하곤 했다. 그렇게 걷다보면 그가 모르던 회사 내의 다른 부서 직원들을 만나고 사귀기도 했다. 그 중에는 상경계 출신인 그가 평소에 교류하기 힘든 이공계 출신도 있었고, 평사원의 신분으로는 접근하기 어려운 직책의 상사도 있었다. 심지어 당시 유행처럼 번지던 산업체근로자라는 신분으로 들어온 외국인들도 많이 있었다. 한국인보다 체구가 작고 까무잡잡한 피부의 그들은 대부분 동남아 출신이었다. 그들 나라에서는 누구보다도 많이 배우고 뽑혀서 이 나라까지 오게 된 사람들이다. 김부장은 그들을 볼 때마다 옛날 우리나라에서 서독에 파견했다는 광부들이 생각났다. 나라가 가난했을 때 얘기다. 소위 넥타이부대라고 했다. 대학을 졸업하고도 광부가 되어 남의 나라에 갔던 사람들 그 나라에서는 가장 힘든 노동이었다고 했다. 그들이 있었기에 나라가 이 만큼이라도 살고 있는 게 아닐까. 그런 생각을 하면 외국근로자들이 한결 가까이 여겨졌다. 김부장은 그들과 담배를 나눠 피우며 손짓발짓으로 친해졌다. 그가 외국근로자들과 자주 어울리는 걸 알게 된 현장 책임자가 김부장에게 소통을 위한 도움을 요청하기도 했다. 이후에도 문제가 발생하면 그에게 막후에서 움직여줄 것을 요청하는 일이 잦았다. 그때마다 김부장은 그와는 관련 없는 부서였어도 기꺼이 나서서 일을 처리하곤 했다. 덕분에 조직에서는 학연·지연도 중요하지만 인간관계를 빼놓을 수 없다는 사실을 일찌감치 알아버렸다. 업무능력은 당연히 따라오는 부수적인 결과였다. 그 시절, 바닷가 산책은 김부장의 삼십 여 년 직장생활에 커다란 영향력을 갖고 효력을 발휘했다.

눈앞에 바다가 있다. 검은 빛깔의 바다를 보고 회사 깊숙한 곳에 자리한 바닷가 방파제를 떠올린 김부장이다. 아내는 생각에 잠긴 김부장을 그대로 내버려뒀던 모양이다. 집을 나서서 '어디로 갈까' 하고 물었을 때 '영종도나 가죠.' 하던 아내였다. 아내도 특별히 작정하고 나선 곳은 없는 모양인지 그가 하는 대로 말없이 있었다. 삼십여년을 같이 살아왔던 아내였지만 김부장은 지금 그녀가 무슨 생각을 하는지 얼굴만 보고는 읽어낼 수 없다. 도리어 그 무표정이 두렵다. 차라리 자기관리를 어떻게 했느냐고 울부짖고 때리기라도 하면 좋겠다. 그러면 같이 소리라도 지를 수 있게.

"여보, 우리 배 타요."

한참동안 넋을 놓고 있던 김부장에게 아내가 말했다. 삼목나루는 한산하다. 아 그래, 주말이 아니지. 마침 다른 승용차와 사람들이 모두 승선한 뒤여서 그들은 곧바로 배에 올랐다. 섬 주민들로 보이는 대부분의 승객들은 선실로 들어가 버려서 갑판에는 사람의 그림자가 보이지 않았다. 김부장이 멀어지고 있는 나루터를 지켜보는 동안에 그들 주위에 갈매기 떼가 날아들었다. 평소 배 주위에서 관광객들이 던져주는 새우깡에 익숙해진 갈매기들이다. 김부장 부부가 던져줄 새우깡을 기다리며 머리위에서 선회하고 있는 갈매기들. 문득, 김부장은 갈매기가 무서워졌다. 마치 그의 파멸을 지켜보려고 이제나저제나 기다리고 있는 무리들처럼 보였다. 등줄기에서 시작된 소름이 온몸으로 쫙 번지고 있었다.

"봄바람이 찬데 선실로 들어갈까요?"

아내가 조심스레 물었다.

"응, 추우면 안으로 들어가. 난 바람 좀 쐬고 있을게."

"아뇨, 금방 도착할 텐데 뭐."

아내의 말대로 얼마가지 않아서 배는 신도에 도착했다. 아직 초봄이라서 바닷가 풍경은 썰렁했다. 햇살은 구름 한 점 없이 쏟아져 내렸다. 그들은 차를 타고 섬 구석구석을 다녔다. 전망대에도 가고 다리로 이어진 이웃 섬 시도에도 갔다. 멀리 잔잔한 바다 위에서 아지랑이 같은 그림자가 아른거리며 펼쳐지는 풍경이 서럽도록 아름답다.

김부장은 아내를 돌아보며 문득 미안해졌다. 늘 바쁘다는 핑계로 여행 한 번 제대로 하지 못했다. 주말이면 고속도로가 주차장이라는 핑계로 집안에만 틀어박혀 TV 채널만 돌렸다. 심지어 주말 내내 식사

때 외에는 침대에서 나오지 않고 리모컨만 손에 쥔 채 지낸 적도 부지기수다. 아마 월말 결산을 마감한 주말은 대개 그런 식으로 지냈을 거다. 그런 김부장에게 아내는 투정하지 않았다.

아내는 주말 아침이면 일찌감치 아침 식탁을 차려놓고 교회로 달려갔다. 어차피 아침식사를 하고나면 또다시 침대에 누워 잠을 청할 김부장이다. 그가 오전의 단잠에서 깨어나면 교회에서 돌아온 아내가 점심식사를 준비했다. 김부장이 회사 일에 신경 쓰는 만큼 집안일은 아내의 일이다. 어지간한 일은 아내가 알아서 했다.

참으로 무덤덤한 생활이었다. 마음만 먹었으면 그깟 붐비는 고속도로가 문제였으랴. 집을 나서면 이토록 가까이 그림 같은 풍경이 펼쳐지는데. 그럼에도 길을 나서면 회사 일이 걱정되어서, 당연히 쉬어야 하는 휴일인데도 회사가 있는 인천을 떠날 수 없었다. 늘 주변을 맴돌았다. 언제든지, 누군가가 그를 부르면 당장 달려갈 수 있는 거리에.

13. 조각공원

　섬과 섬이 이어진 바다 끝에 공원이 있다. 다양한 조각 작품이 모래 해변 여기저기에 흩어져 있지만 조각 작품은커녕 예쁜 해변의 풍경도 김부장의 눈에 들어오지 않았다. 해변을 걷는 사람들이 간간이 있다. 자신도 모르는 사이 김부장의 발길은 남들 눈에 뜨이지 않는 외진 곳으로 향했다. 그는 공원을 등진 해안 바위에 털퍼덕 주저앉았다. 봄볕이 내리고 있는 갯벌은 은빛으로 빛나며 그의 발아래 끝없이 펼쳐져 있다. 눈코 뜰 사이 없이 한창 바쁘게 일하고 있어야 할 시간이다. 한가로운 해변에서 하릴없이 시간을 보내고 있는 자신이 한심하다. 도대체 무슨 일인가. 별일 아니라고 아무리 도리질해도 주눅 든 김부장의 어깨가 스스로 구부러졌다.

　김부장의 눈동자는 초점이 없이 그저 흐릿할 뿐이다. 눈앞에 보이는 것이 바닷물이든 갯벌이든 경계선은 필요 없다. 오로지 어제 커피숍에서의 광경이 비디오테이프를 재생하듯 그의 머릿속에서 재연되고 또 재연되고 있다. '부장님께서 여직원들한테 성희롱 비슷한 거 하신 적 있으시죠?' 박과장이 내뱉은 말이다. 그 말은 날카로운 비수가 되어 그 시간 이후 쉬지 않고 김부장의 심장을 후벼대고 있다. 아니, 딸 같은 애들한테 대체 무슨 짓을 했다고, 아니지, 딸보다도 어린 애들인데… 내가 그 정도로 한심해 보였단 말인가.

김부장은 A중공업에서 있었던 대대적인 모그룹의 감사를 기억한다. 지금의 A글로넷으로 옮기기 전이다. 기껏해야 일 년 전이다. 그건 말이 감사였지 A그룹으로 합병하기 전부터 근무했던 직원들에 대한 무언의 압력이었다. 감사관들은 사무실의 장부란 장부를 모두 들춰서 확인하고 또 확인했다. 어쩌다 실수로 숫자 하나 잘못 기입되기라도 했으면 당장 사직서를 써야 했다. 그런 일은 각 본부마다 비일비재 했다. 타깃으로 지목되면 그 누구도 피해갈 수 없었다. 법인카드의 사용내역은 당연히 일순위로 감사 대상이었다. 물론, 모든 사원들은 각 개인 통장거래 내역도 복사해서 제출해야 했다. 그래도 실수가 나오지 않으면 아내의 통장까지 제출하도록 요구했다.

시설팀에 근무하던 이부장이 참지 못하고 결국 사표를 던지고 말았다. 김부장의 오랜 친구였다. 그 후 이부장은 끓어오르는 울분을 한동안 술로 풀었다. 그에게는 아직도 대학에 다니는 아들이 둘이나 있다. 그의 아내는 평생토록 전업주부로 아이들 양육에만 전념했다. 그러니 할 줄 아는 건 집안 살림밖에. 이부장은 술에 취해 집에 들어가면 밤새 잠들지 못하고 울부짖었다. 그의 아내는 남편을 내려다보며 눈물만 흘리다가 새벽이 되면 교회를 찾아갔다. 아침이 되어 집에 돌아온 이부장 아내의 눈은 통통 부어 있었다. 지금 그녀는 식당 주방에서 일하고 있다. 이부장도 한 달 전부터 중소기업에 들어가서 새출발을 했다. 이전에 받던 연봉과는 비교도 할 수 없을 만큼 작다고 한다. 생활은, 물론 어려울 거다.

또 다른 본부에 근무하는 하부장도 몹시 힘들어 했다. 회사가 워낙 방대해서 본부간의 업무 협조가 중요하다. 업무 관계로 만났지만 일하는 방식이나 사고방식까지 마음에 들어서 친구가 된 하부장이다. 그에 대한 감사는 두 달 넘게 걸렸다. 마른 멸치처럼 말라 비틀어져 가는 하부장을 보면서 김부장은 안타깝기 그지없었다. 물론 김부장도 당연히 감사를 받았다. 이전과는 비교되지 않을 감사 내용에 혀를 내두르며 샐러리맨의 비애를 뼛속 깊이 실감했다. 감사 도중에 회사를 그만둔 사람은 비단 이부장 뿐이 아니었다.

그들은 지금 어디에서 어떻게 살고 있을까. 김부장은 그 일을 겪고 난 후, 미루고 있던 글로넷의 손짓에 응했다. 정년퇴직까지는 보장해 준다고 했다. 게다가 굳이 서울 본사로 출근하지 않고 그가 삼십 여년 다닌 인천공장 안에 출장소를 만들어 근무하게 해준다니까.

처음 A중공업에서 글로넷이란 작은 계열사로 옮긴다고 했을 때 아내는 어이없다는 표정을 지었다. 그런 다음의 반응은, 너무도 당연하다는 듯이 승진해서 가는 거냐고 물었다. 아내는 실망했는지 한동안 말이 없었다. 아내에게 조금 미안했다. 그래도 정년은 보장해주기로 했으니 괜찮은 조건이 아니냐고 아내의 동의를 구했다. 일 년도 못돼 기막힌 사건에 휘말릴 줄 그땐 꿈엔들 생각했으랴. 하긴 당사자가 떳떳한데 무슨 일이야 있을까. 아무리 되짚어 돌이켜봐도 여직원들과 따로 시사조차 한 적이 없는데.

"여보, 밀물이야. 그만 일어나요."

아내가 곁에 있다는 것도 잊었다. 혼자만의 생각에 잠겨 물때가 바뀌는 것도 모르고 있었다. 몇 시간이 지났는지 모른다. 하늘까지 닿을 듯했던 갯벌인데 어느새 김부장이 앉아있는 바위 아래까지 밀려온 바닷물이 철썩대며 부딪치고 있다. 그가 자리에서 일어났다. 아직은 차가운 봄바람이다. 너무 오랜 시간 있었던 모양이다. 온 몸이 뻣뻣하게 굳어서 움직여지지 않았다. 걱정스런 표정으로 지켜보던 아내가 그를 부축했다. 김부장은 창피했다. 비록 살을 맞대고 사는 아내지만 이렇게 무너지는 모습은 보여주기 싫다.

"괜찮아. 좀 오래 앉아있어서 그럴 뿐이야."

김부장이 아내의 손을 뿌리쳤다.

아내는 머쓱한 듯 뒤에서 걸었다. 바위 모퉁이를 돌아가자 눈앞에 조각공원이 다시 보였다. 아까는 멀쩡했던 모래사장 위의 조각들이 반쯤 물에 잠겨있다. 물 밑에 어떤 표정의, 어떤 자세의 조각들이 있었는지 기억나지 않는다. 다만 수많은 가지를 늘어트리고 있는 버드나무 조각상을 보고 그 아래 나무 기둥이 있겠거니 할 뿐. 조금 떨어진 곳에 마주잡고 있는 두 손이 보였다. 겨우 손은 보였지만 손을 지탱하는 팔이 물 밑에 잠겨 있을 거라고 짐작할 수 있다. 아까 커다란 그 손아래를 지나가면서 밑의 계단에 아내가 잠시 걸터앉았던 것을 김부장은 기억하지 못했다. 아니, 그때는 보지도 못했던 손이다. 마주잡은 손, 그 손은 팔에 연결되어 있는 것이고, 그 팔은 두뇌가 명령하는 대로 움직이는 것이다.

글로넷과 손을 잡은 것은 김부장 혼자만의 생각으로 했던 것이 아니다. 그룹은 새로운 자회사를 필요로 했고, 그 설립을 위해서 각 계열사의 해당 간부들에게 손을 내밀었다. 그 제안에 가장 약한 것은 그룹에 인수된 지 얼마 되지 않아서 그룹 인사팀의 입김에 바람 앞의 등불처럼 흔들리고 있던 A중공업의 물류팀이었다. 그룹에선 손을 내밀었고 김부장은 그 손을 잡았다. 그 손이 일 년도 채 못 되어 끊어질 썩은 동아줄이라고는 그땐 꿈에도 몰랐다.

14. 일몰

돌아오는 길에 일몰이 그들을 따라왔다. 다른 날 같으면 석양이 아름답다는 둥, 핏빛으로 물든 바다가 세상을 온통 물들인다는 둥 하며 휴대폰으로 사진 찍기에 바쁠 아내다. 오늘은 그녀도 말이 없다. 옆에 앉아서 손가락만 비틀고 있다.

"당신은 날 믿지?"

김부장이 아내의 손을 잡으며 말했다.

"그럼요, 당신이 어떤 사람인줄 나보다 잘 아는 사람이 어디 있어. 당신은 맨 정신으로 그런 짓을 할 사람이 절대로 못돼."

"그래, 고마워. 정말이지 난 그런 적 없어. 어떻게 딸 같은 애들한테 그럴 수 있다고 하는지 도저히 알 수 없어."

아내가 다시 손을 비틀기 시작했다. 아내는 답답하고 초조하면 손을 비트는 습관이 있다. 아내의 오랜 버릇이다. 믿는다고 하면서도 아내 역시 의심하고 있는지 모른다.

"혹시 술에 취해서 실수했다면 몰라도."

아내의 입에서 결국 그 말이 튀어나왔다. 그가 불안하듯 아내도 불안에 시달리고 있다. 김부장은 해안도로 옆에 차를 세우고 사무실의 천경은에게 전화를 했다. 신호음이 계속 울리는데도 받지 않는다. 무슨 일이지? 다른 사람은 몰라도 얘는 전화를 받아서 아내에게 진실을 말해줘야 한다. 다시 걸었다. '전원이 꺼져 있습니다.' 기계음만 들렸다. 김부장은 더욱 초조해졌다. 이번에는 천경은의 엄마에게 걸었다. 역시, 전원이 꺼져 있다. 대체 일이 어떻게 돌아가는 건지 도무지 알수가 없다. 누구 하나 제대로 말해 줄 사람이 없는 거다.

천경은. 그애는 사무실 청소부의 딸이다. 그애 엄마는 A중공업이 A그룹으로 넘어가기 전부터 청소를 했다. 김부장의 사무실에서 일을 한 지도 십여 년이 훨씬 지났다. 김부장은 열심히 사는 청소부를 격려하고 싶어서 명절 때마다 선물이라도 따로 챙겨줬다. 그뿐이 아니다. 회사에서 기념일이나 행사가 있을 때마다 자기 몫의 기념품조차 청소부에게 줬다. 아내에게 갖다 줘봤자 살림에 큰 보탬이 되지도 않을 텐데, 청소부로서는 그 어느 것 하나라도 아쉬울 거라고 여겼던 것이다.

김부장이 회사를 옮겼어도 사무실은 예전 그대로 인천공장 안에 있다. 본사에서는 김부장에게 함께 일할 여직원들을 새로 선발하라고 했다. 어차피 사무실에서 컴퓨터로 작업할 테니 남자보다는 인건비가 덜 나가는 여직원들을 채용하라는 인사팀의 전달이었다.

김부장은 신입사원 공모랍시고 일을 거창하게 벌이고 싶지 않았다. 그거 시간적으로도 무리였다. 그는 A중공업에 있을 때 마지막으로 물류부서 여직원을 선발했던 것을 기억했다. 그때 최종심까지 오른 사람이 두 명이었다. 한 명은 4년제 대학을 졸업했지만 집이 부산이었다. 다른 한 명은 전문대학을 졸업했고 집은 인천이었다. 탈락한 사람을 생각하면 안타깝지만 자리는 하나 밖에 없었다. 집에서 출근할 수 있고 근무하기에 편할 사람을 선발하자고 직원들과 입을 모았다.

김부장은 지난번 탈락했던 사람에게도 기회를 주고 싶었다. 박지선은 전화를 받자마자 곧장 김해공항으로 달려가서 다음 날부터 회사에 출근했다.

여직원을 더 채용해야 했다. 청소부가 자기 딸을 채용해 달라고 김부장에게 매달리며 호소했다. 전문대학을 졸업했는데 놀고 있다고. 어려운 형편에 큰 도움이 될 거라고.

김부장이 청소부를 시켜서 딸을 회사로 부르게 했다. 천경은은 연락을 받자마자 사무실에 찾아왔다. 그녀는 키가 작았다. 몸집도 작았다. 고개를 숙이고 있는 모습이 마치 비 맞은 새처럼 측은해 보였다. 김부장은 그런 모습이 낯설었다. 그의 딸들은 활달했다. 어디서나 자신의 의견을 소신껏 말할 수 있는 딸들이다. 그는 딸들이 자랑스럽고 뿌듯했다. 만약 자기 딸들이 천경은 같은 모습으로 지낸다면 마음이 몹시 아플 것 같았다. 천경은이 당당히 어깨를 펴고 고개를 들 수 있게 해주고 싶었다. 업무 능력을 파악하기도 전에 김부장은 마음속으로 이미 천경은의 채용을 확정지었다. 그들 모녀는 몹시 기뻐했다. 청소부는 얼굴이 마주칠 때마다 부장님 덕분에 언감생심 꿈도 꾸지 못한 회사에 취직이 되었다며 김부장이 민망할 정도로 깍듯이 인사를 했다. 도리어 제발 그만하라고 부탁해야 했다.

언젠가 월말 결산을 마친 일요일 늦은 점심이었다. 식사를 마치고 아내와 함께 차를 마실 때 전화가 왔다. 천경은이었다.

"부장님, 저 경은이에요."

"어, 경은씨 무슨 일 있어요?"

"저 회사에 나왔어요. 어제 마친 결산 중에 아무래도 마음에 걸리는 부분이 있어서요. 찾아서 마치고 가겠습니다."

"그래요? 그럼 찾아보고 전화해줘요."

그날 저녁 무렵, 다시 전화가 왔다. 오류가 있던 부분을 찾아내서 수정하고 귀가중이라고 했다. 김부장은 뿌듯했다. 그는 단지 기회를 주고 싶었을 뿐인데 기대 이상으로 일을 잘하고 있는 천경은이 기특했다. 아내에게도 자랑스럽게 말했다. 아내는 피식 웃었다. 어려운 이들을 볼 때마다 도와주고 싶어 하는 김부장의 고집 때문에 가끔은 아내와 실랑이도 했다. 그러니 아내가 뿌듯해하는 그를 보며 웃을 수밖에.

그런 천경은 모녀가 김부장의 전화를 받지 않는다. 이건 뭐지? 온갖 상상이 소용돌이치며 그의 머릿속에 휘몰아쳤다. 내가 진짜 성희롱 했다고 생각하는 것인가? 모두들 그렇게 믿고 있단 말인가? 대체 성희롱이 어떤 거지? 머릿속이 백지장처럼 하얗게 표백되고 있다. 무엇을, 어떻게 해야 할지 갈피를 잡을 수 없다.

아내와 자리를 바꿔 앉았다. 김부장의 표정을 보고 있던 아내가 대신 운전하겠다고 나선 것이다. 돌아오는 길은 다시 인천대교를 건너야 했다.

예전에 아내와 함께 영종도에 놀러 왔던 적이 있다. 그때는 배를 탔다. 어부들이 갓 잡은 생선으로 직접 회를 떠 주기도 하는 다양한 노점들이 뱃터에 늘어서 있었다. 가난한 연인이었던 그 시절에는 아내에게 기껏해야 라면밖에 사 줄 수가 없었다. 뱃터에서 시골버스를 타고 해수욕장이 있는 동네까지 갔다. 그들은 손을 맞잡고 백사장을 걷고 또 걸었다. 돌아올 때도 배를 타야 했다. 그날 갑판에서 바라본 바다는 눈이 부시도록 빛났다. 바다의 노을이 붉다고만 생각했던 것도 편견이라는 걸 알았다. 그날의 바다는 금빛이었다. 주홍빛이 살짝 드리워진 금빛의 바다. 아내와 뱃전에 나란히 선 채 젊었던 김부장은 행복으로 충만해서 몸을 떨었다.

차는 다리의 주탑을 향해서 달려가고 있다. 하늘을 향해 쭉쭉 뻗어 있는 쇠줄을 보고 멋지다며 탄성을 쏟아낸 것이 작년이었던가. 지금은 그 굵은 쇠줄이 김부장을 향해 쏟아져 내릴 것만 같다. 김부장은 흠칫하며 자기의 목을 만졌다. 아내는 앞만 보고 운전하고 있다. 핏빛으로 물든 서해바다가 아내의 얼굴까지 붉게 만들었다. 예전에는 황홀하다고 느꼈던 노을이다. 지금 그들을 에워싸고 있는 붉은 노을은 암울한 김부장의 심정을 더욱 수렁으로 끌어내리고 있다.

차창 밖으로 시선을 돌렸다. 팔미도가 노을에 불타고 있다. 문득 붉은 빛으로 출렁이는 바다 위로 물체가 떨어지는 영상을 본 것 같다. 그것이 영화 속의 장면인지 그 사람이 자기 자신인지는 알 수 없다. 김부장은 다시 한 번 아내를 돌아봤다. 온통 붉은색으로 물든 얼굴빛과 굳게 다문 낯선 입술이 그를 비난하고 있는 것만 같다. 김부장은 자신도 모르게 창 쪽으로 몸을 움츠렸다.

올가미가 턱밑까지 시시각각 다가오는 것도 모른 채 안이하게 지냈다. 아무것도 모른 채 앞만 보고 달려온 세월이 야속하다. 그가 차의 문고리를 잡았다. 잠겨 있다. 도어 록은 아내가 있는 운전석에서만 풀 수가 있다. 아내의 눈이 화등잔만큼 커지더니 주행 속도를 높였다.

15. 충동

태양은 하늘만 물들이지 않는다. 세상이 온통 핏빛이다. 바다는 물론, 인천대교 너머에 저 멀리 보이는 신도시까지 온통 붉었다. 이를 앙다문 채 전면을 응시하고 있는 아내의 얼굴도 시뻘겋게 달아올라 있다.

"여보, 차 좀 세워줘. 숨이 막혀 죽을 것만 같아."

김부장이 사정을 해도 아내는 핸들을 움켜쥔 채 눈만 부릅뜨고 있다. 얼굴은 물론 눈빛까지 시뻘건 이 여자는 누구일까. 뱀파이어 영화에 나오는 악귀와 별반 다를 게 없다. 김부장은 악귀에게 달려들어 핸들을 다리 난간 쪽으로 꺾었다. 그들이 옥신각신 하는 통에 승용차는 이차선과 삼차선을 오락가락하더니 난간에 부딪치며 겨우 멈췄다. 지나가던 차들이 경적을 울려댔다. 심지어 어떤 이는 창문을 열고 욕설을 퍼붓기도 했다. 김부장이 차에서 내리려고 했지만 문은 굳게 잠겨 있다. 문을 열려면 운전석에서 도어잠금장치를 풀어야 한다. 김부장이 운전석 쪽으로 몸을 돌렸다. 아내가 핸들 위에 엎어진 채 꼼짝도 않고 있다. 잠금장치를 풀려면 아내가 조금 움직여줘야 한다. 김부장이 밀쳐내려 하자 아내가 천천히 고개를 들었다. 온통 눈물범벅이 된 얼굴, 차마 못 봐줄 지경이다. 눈 화장이 지워지며 만들어낸 얼룩이 참혹하기 그지없다.

이럴 수가… 내가 무슨 짓을 하려던 거지? 정신이 번쩍 들었다. 김부장은 자신의 손을 내려다봤다. 역시, 붉다. 손이야 저녁노을이 물들인 것이지만, 성희롱이란 말을 들은 것만으로도 인두로 지진 것처럼 그의 온 몸에 붉은 낙인이 찍혔다. 견딜 수 없이 수치스러워서 생각도 하지 말아야 할 짓을 저지를 뻔 했다. 순간적으로 치밀어 오른 격정이었다.

"여보, 미안해."

김부장은 아내를 부둥켜안고 통곡했다.

"여보, 제발 부탁할게. 아무리 억울하고 힘들어도 다른 생각은 하지 말아요. 애들 생각도 해야지. 당신이 엉뚱하게 행동하면 그 일이 사실이든 아니든 기정사실화 돼서 소문날 거야. 그렇게 되면 열심히 살아온 당신 인생은 말할 것도 없고, 당신이 끔찍이 사랑한 우리 애들 앞날까지 망칠 거야. 여보, 지금까지 잘 해왔잖아. 우리 차근차근 생각하고 같이 풀어나가요."

콧물눈물이 범벅된 얼굴로 아내가 말했다. 아내 역시, 이 상황이 많이 힘들 것이다. 남편이 여직원을 성희롱 했다는데 아무렇지도 않을 여자는 없다. 김부장은 자살충동을 억제하지 못한 자기 자신이 부끄러웠다.

"미안해."

그들이 서로를 위로하는 동안, 바다 저 편으로 붉은 해가 사그라지고 있었다. 다리 위를 비추는 가로등이 하나 둘 켜지기 시작했다. 집으로 돌아가는 길이 어둠 저 편에서 손짓하고 있다.

16. 원칙

박과장에게서 전화가 왔다. 신도림역에서 만나기로 했다. 지난번 갔던 커피숍이다. 이번엔 대체 무슨 말을 하려는 걸까. 김부장의 가슴에서 활활 불길이 타는 것 같다. 아직 박과장은 나오지 않았다. 김부장 앞에서 꼼짝도 못하던 작자였으니 이전 같으면 어림없는 일이다. 예감이 좋지 않다.

"일찍 오셨네요."

박과장은 삼십분이나 늦게 도착했다. 그런데도 사과 한 마디 없다.

"부장님, 솔직히 고백하고 협력업체로 가시죠."

"뭐?"

이건 또 뭔 소린가. 갑자기 협력업체로 가라니. 김부장은 현기증이 났다.

"이봐요 박과장, 뭘 고백하라는 거요? 뭐든 했어야 말할 거 아니요."

"부장님, 김이설씨 하고 호프집 간적 있죠?"

"뭐?"

순간, 황당해진 김부장이 말문을 잃었다.

"이봐요 박과장, 그건 걔가 입사하기 전에 서울 본사에 면접 보러 다녀올 때 일이요. 그때 면접 끝나고 전무님이랑 여럿이서 저녁까지 먹었어요. 저녁 먹고 나서 김이설씨 하고 같이 택시를 타고 인천으로 내려왔지요. 걔네 집이 동암이라기에 거기서 내려줬는데, 그때가 팔월 중순이니까 엄청 더워서 걔네 집 근처에서 맥주 한 잔 하고 헤어졌어요. 그걸 갖고 성희롱이라는 건가요?"

"그때 다른 일은 없었나요?"

"그래요, 이왕이면 걔가 잘 아는 집에 가서 먹자고 해서 맥주 다섯 병 가량 마셨을 거요. 마른안주랑 시켜서 오만 원 계산했으니까. 걔가 내 옆에 앉은 것도 아니고 테이블이 꽤 넓은데다가 음악소리가 시끄러워서 말소리도 잘 안 들렸어요. 몸을 앞으로 기울여야 겨우 대화를 할 수 있었는데, 대체 뭘 했다는 겁니까?"

박과장이 듣고 있다가 고개를 끄덕거렸다.

"그럼, 특별히 김이설씨하고 따로 식사를 하거나 술을 마시거나 노래방에 가거나 하신적도 없다는 거죠?"

"당연하지요. 그때 걔랑 호프집에 갔던 건 걔가 입사하기도 하기 전의 일이요. 아 그러고 보니 입사 전에 사무실에 찾아온 적도 있었군. 그날 비가 와서 기억해요. 자기가 일하게 될 곳이 궁금하다며 왔더군요. 그래서 다른 여직원들하고 인사를 시켰고, 마침 점심시간이 되어서 다함께 구내식당으로 점심을 먹으러 간 적이 있어요."

"그뿐입니까?"

고개를 끄덕이던 박과장이 재차 확인하듯 묻자 김부장이 화를 냈다.

"이봐요 박과장, 비록 A그룹에 인수되었다지만, 우리 중공업 하나가 A그룹 전체 규모보다도 컸다는 건 당신도 알 거요. 그룹이 산산조각 나면서 당신네가 인수했지만 지금도 A그룹에서 중공업을 빼면 얼마나 됩니까? 내가 30여년 직장생활 하면서 별별 사건을 겪고 다양한 사람을 만나봤어요. 그런 곳에서 살아남으려면 제대로 된 원칙을 갖고 있어야 하는 거요. 지금까지 난 내 나름의 철칙이 있어요. 그건 여직원들과는 따로 식사를 하거나 시간을 갖지 않는다는 거요. 특히, 내가 글로넷으로 온 뒤로 그 원칙을 깬 적이 단 한 번도 없단 말이요."

김부장은 열변을 토했고, 박과장은 고개를 끄덕거렸다.

"충분히 알겠습니다. 부장님께서 결백하시다는 걸 저는 믿습니다. 곧 인사위원회가 열릴 겁니다. 그때 나와서 사실대로만 말씀하시면 됩니다."

"믿어줘서 고맙고 잘 해결되도록 부탁해요."

그들은 신도림역에서 악수를 하고 헤어졌다.

17. 출두 명령서

김부장은 말없이 텔레비전 뉴스 프로그램을 바라다보고 있었다. 아내가 숙면에 좋다면서 허브티를 내어왔다. 차에서 국화향기가 풍겼다.

"무슨 차야?"

"캐모마일."

아내가 짧게 대답하고 나서 김부장의 옆에 앉았다. 그들은 다시 TV 화면을 응시했다. 화면에선 리포터가 마이크를 들고 말하고 있다. 리포터 뒤로 어딘지 모를 큰 건물이 보였지만 그들에게는 들리지도 보이지도 않았다.

"숙면에 좋대요. 소화장애에도 좋다니까."

아내가 뜬금없이 말했다.

"뭐라고?"

"그 차… 캐모마일 말이에요. 당신 요즘, 밥도 제대로 못 먹고 잠도 못자고 있으니까."

"응,"

김부장이 찻잔을 들었다. 그때 초인종이 울렸다. 그들 부부가 서로를 마주봤다. 뭐지? 가족들은 현관문의 번호를 누르고 출입하고 있으니 초인종이 울리는 건 극히 드문 일이다. 이 시간에, 대체 누가 왔을까. 벽에 걸린 시계가 9시 35분을 가리키고 있다.

"누구세요?"

"퀵 서비스입니다."

현관 앞에서 남자의 목소리가 쩌렁쩌렁 울렸다. 아내가 현관문을 열었다.

"김준영씨, A글로넷에서 보낸 인사위원회 출두 명령서입니다. 신분증 갖고 나오세요."

화들짝 놀란 아내가 다시 들어와서 신분증을 들고 나갔다. 김부장은 가슴속에 사는 망아지가 마구 뛰어다니는 것 같다.

남자가 다시 쿵쿵거리며 계단을 내려갔다. 남자의 큰 목소리가 아래층까지 들렸던 것이 분명하다. 아래층 여자가 현관문을 열고 나왔다.

"무슨 일 있어요?"

"별일 아니에요."

아내가 황망한 표정으로 현관을 닫고 들어왔다. 김부장에게 서류를 내밀었다. 봉투를 뜯고 있는 김부장의 손끝이 살짝 떨렸다.

"당장 내일이네. 그래, 내일이면 다 해결될 거야. 걱정하지 마. 내가 잘못한 것도 없는데 뭐."

"그 회사는 대체 생각이 있는 거예요? 없는 거예요? 이런 서류를, 하필이면 이 시간에 보내는 건 무슨 꿍꿍이냐구요? 애들이 아직 들어오지 않았기에 망정이지 원."

아내가 많이 당황했던 것 같다. 씩씩대기까지 했다.

"게다가 그 퀵은 왜 그렇게 소리를 질러대. 누구 귀머거린 줄 아나. 온 동네가 다 듣겠네. 아래층에서 뭔 일 났는지 알고 나오잖아. 아니, 그 여잔 대체 뭔 참견이람. 에이, 기분 나빠."

김부장은 아무 말도 못하고 소파에 앉아 있었다. 혼자서 툴툴거리던 아내가 김부장을 바라봤다. 그제야 그의 기분을 생각했는지 아내가 말을 멈췄다. 그날 밤 김부장은 아내가 끓여준 캐모마일 차의 효능을 전혀 느끼지 못했다.

18. 인사위원회

성도양 : A글로넷 인천출장소 김준영 부장이 맞지요?

김준영 : 네, 맞습니다.

성도양 : 당신은 인천출장소 내에서 여직원들을 성희롱했다는 사실을 인정합니까?

김준영 : 뭐요? 대체 무슨 소릴 하는 겁니까? 누가 그런 말을 했습니까?

성도양 : 증인이 있어요, 증인이. 그러니 묻는 말에만 답해요.

김준영 : 대체 그 증인이 누굽니까?

성도양 : 묻는 말에나 답해요. 김준영 부장은 김이설 사원과 함께 맥주를 마시러 간 적이 있지요?

김준영 : 네, 있습니다. 그렇지만 그건….

장정식 : 이봐요. 묻는 말에만 답하라고 했잖아요.

저자는 뭐지? 어느 부서에 근무하는 놈이야. 앞에 놓인 명패로만 장정식이란 이름을 확인할 수 있을 뿐이다. 가끔 본사에서 얼굴을 부딪친 적은 있지만 잘 기억나지 않는 걸로 봐서 중요한 인물은 아닌 거다. 게다가 김부장과 마주치면 복도 한 쪽으로 비켜서며 고개를 살짝 숙이곤 했던 자다. 그런 자가 지금 큰 소리로 명령하고 있다. 김부장의 머릿속이 또다시 하얗게 표백되고 있다.

성도양 : 단 둘이 호프집에 간 것이 맞지요?

김준영 : 네, 그렇지만 그건 김이설씨가 입사도 하기 전의 일이고….

장정식 : 묻는 말에만 대답하라고 했어요.

옛말에 때리는 시어미보다 말리는 시누이가 더 밉다더니, 지금이 딱 맞는 말 같다. 말 같지도 않은 말을 질문이라고 하는 성도양 사장도 밉지만, 장정식이라는 저자를 당장이라도 후려갈기고 싶다. 그래도 소위 '인사위원회'라는 자리다. 김부장은 끓어오르는 분노를 참느라고 숨을 크게 들이마셨다가 다시 내뱉었다.

성도양 : 김준영 부장이 김이설씨하고 단 둘이 맥주를 마신 건 사실이지 않습니까?

김준영 : 네, 맞습니다. 그렇지만 그건 김이설씨가 입사도 하기 전의 일이고 또 성희롱 같은 건 전혀 없었습니다. 딸 같은 아이한테 그런 짓을 하다니요? 그건 말도 안 됩니다.

성도양 : 김이설씨 본인이 같이 마시기 싫었으면 그게 바로 성희롱입니다.

김준영 : 아니, 그건 김이설씨가 입사하기 전에 서울에 와서 면접 봤을

때 일인데, 면접에 참석했던 전무님이랑 이진구 부장이랑 대여섯 명이 같이 저녁식사까지 했어요. 끝나고 택시를 타고 인천으로 가던 중에 김이설씨 집이 동암이라기에 거기까지 가서 내려줬던 겁니다. 그때가 한 여름이라서 몹시 더웠어요. 마침 김이설씨가 잘 아는 맥주집이라고 해서 함께 갔던 겁니다.

거기까지 말을 마친 김부장이 숨을 크게 들이마셨다. 위원석에 앉아 있는 사람들이 그의 말에 귀를 기울이고 있었다. 그래, 있던 일을 그대로 말하면 이 사람들도 이해할거다. 김부장은 마음의 소요를 가라앉히고 말을 이었다.

김준영 : 이층에 맥주집이 있었는데, 들어가자마자 입구에 카운터가 있었어요. 우리는 카운터 바로 옆자리 테이블에 앉았어요. 서로 아는 척하는 걸로 봐선 카운터에 있던 주인여자랑 김이설씨가 잘 아는 사이 같았지요. 거기서 맥주 다섯 병 가량 마셨을 뿐입니다.

성도양 : 무슨 얘기를 했습니까?

김준영 : 김이설씨가 같이 근무하게 될 동료들이 어떤 사람들인지 궁금하다고 했어요. 그래서 모두 언니들이고 김이설씨가 막내니까 언니들한테 잘 배우면 될 거라고 했어요. 그리고 나서 김이설씨가 자기 얘기를 좀 했습니다.

성도양 : 뭐라고 하던가요?

김준영 : 개인 사생활인데 굳이 말하기는 좀….

성도양 : 대답하기 곤란하다는 것은 뭔가 당신에게 잘못이 있다는 거 아닌가요?

김준영 : 그건 절대로 아닙니다. 김이설씨가 홀어머니와 남동생하고 셋이서 산다면서 생활이 어렵다고 했습니다. 남동생이 말썽 꾸러기라서 엄마가 많이 힘들어 하는데 이제부터라도 자기 가 효도하고 싶다고 했어요. 엄마가 고생만 하고 여행도 한 번 못했다면서 자기는 어떻게 해서든지 돈을 많이 벌어서 엄마와 해외여행을 하고 싶다고도 했어요.

성도양 : 그래서 뭐라고 했습니까?

김준영 : 제가 그랬습니다. 입사해서 열심히 일하면 기회는 얼마든지 있다 그러니 맡겨지는 일에 최선을 다해라. 뭐 그렇게 말한 것으로 기억됩니다.

인사위원석에 앉아있던 사람들이 고개를 끄덕거렸다. 성낙양이 잠시 정회를 선언하자 그들은 자리를 떠났다. 혼자 남겨진 김부장에게 다가온 박과장이 담배를 건넸다.

"부장님, 담배라도 태우시죠."

"아, 그렇지 않아도 담배 생각이 간절했는데 잘됐군요."

"괜한 고생하고 계신데 있었던 일을 다 말씀하세요. 그래야 얼른 끝나죠."

"그러게 말입니다. 나야 있던 일을 다 말하고 있지만 지금 이게 말이 된다고 생각해요? 이건 뭐 손이라도 한 번 잡아보기나 했으면 내가 할 말이 없겠습니다."

"그래도 김이설씨가 성희롱 당했다고 주장하고 있으니까 어쩔 수 없습니다."

"기가 막히네요. 그런데 김이설씨 입사면접 때 같이 저녁식사 했던 이진구부장이랑은 왜 안 보입니까?"

"해당 관계자는 인사위원회에 나올 수 없습니다."

"그래? 어쩐지 제대로 알고 지낸 얼굴이 없더군요."

박과장이 자리를 뜨자 인사위원들이 다시 들어왔다.

성도양 : 입사면접을 끝내고 김부장 차를 같이 타고 갔다고 했는데,
　　　　 왜 단 둘이 타고 간 겁니까?

김준영 : 네? 아니 김이설씨가 그럽니까? 내 차를 탔다고요?

성도양 : 그거야 둘이 같이 서울에서 인천까지 타고 갔다고 하니까.

　 성도양이 당황했는지 낯빛이 일그러졌다.

김중영 : 난 그날 차를 가져오지 않았습니다. 오늘도 그랬지만 서울
　　　　 본사에 올 때는 굳이 승용차를 사용하지 않습니다. 전철을
　　　　 타는 게 훨씬 편하니까요. 그날은 택시를 탔습니다.

장정식 : 증거 있습니까?

김부장이 장정식을 노려보며 천천히 말했다.

김준영 : 택시를 이용한 신용카드 내역을 찾을 수 있을 겁니다.

성도양 : 그렇다고 합시다. 그럼 왜 그날은 전철을 안타고 택시를 탔나요?

김준영 : 저녁식사를 하면서 다른 사람들이랑 반주로 소주 서너 잔을 마셨어요. 날씨도 더운데 그대로 전철을 타고 많은 사람들하고 부대끼는 것이 아무래도 불편할 것 같습니다.

성도양 : 그럼 왜 굳이 김이설씨랑 같은 택시를 탔나요?

김준영 : 그거야 둘 다 인천이 집이니까 당연히 같이 타고 갔지요. 그럼 앞으로 내가 데리고 일할 직원인데, 혼자서 대중교통 이용해서 내려오라고 해야 합니까?

성도양 : 둘이서 택시를 탔으면 뒷자리에 같이 앉아있었을 텐데, 그때 김이설씨에게 무슨 짓을 했습니까?

김준영 : 뭐요? 그런 말도 안 되는 소릴….

그때 장정식이 나섰다.

장정식 : 그렇게 발뺌만 하지 말고 제대로 수긍하세요. 수긍을."

김준영 : 당신 같으면 그랬을지 몰라도 난 절대로 그런 짓은 못 해.

성도양 : 그걸 어떻게 압니까? 증거라도 있나요?

벌겋게 상기된 김부장의 얼굴에서 입가 근육이 실룩거렸다. 눈 밑의 근육도 혼자서 불룩불룩 뛰어다니는 것 같다.

김준영 : 난 택시를 타면 꼭 운전기사 옆 자리에 앉습니다. 나를 아는
　　　모든 사람에게 물어봐도 그렇게 대답할 거요. 택시 앞좌석
　　　에 앉아 있던 내가 뒷좌석에 있는 여직원에게 무슨 짓을 했
　　　을 거라는 겁니까?

　위원이라는 자들이 고개를 맞대고 수근거렸다. 도대체 이게 무슨
상황이란 말인가? 다 큰 딸이 둘이나 있는 사람이 딸보다도 어린 여
직원을 성희롱했다는 죄목으로 인사위원회에 회부되어 있다. 그 죄
목 자체만으로도 부끄럽다. 계속되는 위원들의 공세에 김부장은 정
신을 가다듬기도 힘들었다.

성도양 : 김이설씨에게 억지로 우산을 같이 쓰자고 한 적이 있지요?
김준영 : 뭐요? 억지로?
장정식 : 대답만 해요. 대답만.

　김부장이 장정식을 노려봤다. 장정식은 그의 시선을 마주보지 못
하고 고개를 돌렸다. 다른 위원들도 시선을 피했다. 김부장은 치밀어
오르는 분노를 삭이느라 눈을 감았다. 온 몸이 부들부들 떨렸다. 어떻
게 이런 일이 있을 수가 있을까. 아내의 추측이 맞았던 것이다. 그럴
리가 없다고 고개를 내저었던 김부장으로서는 넋이 나가는 듯 했다.
너무도 분하다. 그렇다고 공식적인 자리에서 욕설을 할 수도 없다. 인
사위원이랍시고 앉아있는 위인들을 보니 김부장과는 일면식조차 제

대로 없는 기존의 A그룹 부장급들이다. 이전에는 회사 규모로 보나 저력으로 보나 김부장 앞에서 말 한 마디 제대로 못하던 위인들이다. 오늘 만큼은 무슨 물 만난 고기처럼 떠들어대고 있다.

김준영 : 난 억지로 우산을 함께 쓰자고 한 적이 없습니다.
성도양 : 그럼 우산을 함께 쓴 적은 있다는 거지요?
김준영 : 네, 그렇지만 그건 김이설씨가 입사도 하기 전의 일이고.
장정식 : 우산을 같이 쓴 건 맞잖아요?

또 장정식이 나섰다. 저 자식은 도대체 뭘 믿고 저렇게 나서는지 알 수 없는 일이다. 아무래도 무슨 꿍꿍이속이 있는 게 분명하다.

김준영 : 여직원하고 우산을 쓰기만 해도 그게 성희롱입니까? 대체 어디서부터 어디까지가 성희롱인 겁니까?
성도양 : 우산을 왜 씌워준 겁니까?
김준영 : 그건, 김이설씨가 같이 쓰겠다고 내 우산으로 왔습니다. 입장 바꿔서 생각해보세요. 우산 씌워달라는 여직원을 밀쳐내야 합니까? 하긴 애가 당돌하긴 했네요. 다른 여직원들도 다 우산을 갖고 있었는데, 하필 내 우산을 같이 썼으니.
성도양 : 그럼, 우산을 같이 쓰고 가면서 무슨 짓을 한 겁니까?
김준영 : 이것 보세요. 우산만 같이 써도 성희롱입니까? 그때는 김이설씨가 입사하기 전에 사무실을 구경하고 싶다며 찾아왔던

겁니다. 마침 점심시간이 돼서 직원들이 다함께 회사 구내
식당으로 점심식사를 하러 갔던 겁니다. 어차피 김이설씨도
같이 근무하게 될 거니까 함께 가자고 했던 것이고, 우리 모
두 우산이 있었지만 김이설씨만 없었어요. 내가 먼저 우산
을 쓰고 사무실을 나섰는데 뒤에서 김이설씨가 뛰어와서 내
우산을 쓴 것입니다. 게다가 여기 있는 분들 중에서 인천 A
중공업에 와 본 사람이 있습니까? 제대로 알기나 하고 그런
말들을 하는 겁니까? 거긴 현장 근로자까지 수천 명의 직원
들이 근무해요. 아무리 3교대라지만 점심시간에도 최소한
천여 명은 움직인다고요. 그 많은 사람들이 보는 데서 미친
놈도 아니고 내가 무슨 짓을 했을 거라는 겁니까? 이건 A중
공업에 대한 기본 상식만 있어도 알 수 있습니다.

김부장이 열변을 토해내는 동안 인사위원들의 안색이 뭔가 어색하
다. 그들도 이 자리가 불편한 것이다. 김부장 말처럼 그들은 A중공업
이 인천의 어디쯤 위치하고 있는지조차 모를 위인들이다.

장정식 : 그래도 우산을 같이 쓰고 있었으면 어깨도 부딪쳤을 거고, 팔
이 안 닿을 수가 없잖아요. 비를 안 맞으려면 어깨를 감싸기
라도 했을 거 아니요? 더구나 여름이고 아가씨들은 팔소매가
없는 옷을 입는데 기분이 얼마나 나빴을지 생각해 봤어요?
김준영 : 뭐요? 이것 봐요, 내가 김이설씨 우산을 쓴 게 아니고, 김이

설씨가 내 우산을 같이 쓰겠다고 한 거라고요. 그리고 회사 유니폼은 무슨 개폼으로 있는 줄 알아요? 서울은 몰라도 인천 공장에서는 유니폼 점퍼를 입게 되어 있어요. 당연히 협력업체 직원들까지도 유니폼을 입어야만 합니다. 게다가 유니폼에는 반드시 명찰을 붙이게 되어 있어요. 그리고 나는 왼손을 바지주머니에 넣고 다니는 게 오래된 습관입니다. 오른손으로 우산을 받쳐 들고, 왼손은 주머니에 넣고 있는데 무슨 수로 어딜 만진다는 겁니까?

성도양 : 그래도 우산을 같이 썼으니까 신체접촉이 있었을 거 아니요?

김준영 : 그럼 김이설씨를 이 자리에 나오게 해서 대질이라도 시키지요. 대체 내가 뭘 어떻게 해서 성희롱을 했다는 건지 나도 좀 들어봅시다.

성도양 : 그건 안 되지요. 성희롱 피해자를 이 자리에 참석시키면 가해자 앞에서 제대로 답변할 수 있겠어요?

오후 두 시에 시작된 인사위원회는 저녁 시간을 넘기고도 한참이나 걸렸다. 그들은 막무가내로 김부장을 성희롱범으로 몰아댔다. 어떻게 해서든지 엮어보려는 기색이 역력했다. 김부장이 본사 건물을 나올 때 맞은편 건물의 시계가 9시를 가리키고 있었다. 심해 깊이 가라앉은 채 수초에 온몸이 휘감기고 목을 조이는 것만 같다.

다리에 힘이 풀려서 그대로 서있기도 힘들다. 지하철을 탔어도 김부장은 북적거리는 사람들을 느끼지 못했다. 손잡이 하나에 매달려 흔들거리는 몸뚱이가 거치적거렸다.

자신 있게 살아온 인생이다. 열심히 일한 만큼 인정받았다. 바르게 살아온 삶은 어디가도 큰소리칠 수 있다고 자부했다. 그의 주위에는 선배와 동료들이 늘 있었다. 그가 글로넷으로 전직을 결심할 수 있었던 것도 김선배가 글로넷의 사장으로 있었기 때문이다. 그랬던 김선배가 지난 연초에 있은 인사이동 때 그룹 내 다른 회사 대표로 발령이 났다. 김선배는 많은 사람들의 축하를 받으며 그룹에서도 제법 규모가 큰 회사의 대표가 되었던 것이다. 그런 모습을 보면서 김부장은 김선배를 모델로 삼아서 더욱 열심히 일하려고 했다.

A글로넷으로 전직을 했어도 근무지가 여전히 인천공장이었으니 주변 환경은 바뀐 것이 없었다. 비록 회사 이름이 바뀌긴 했어도 A중공업은 김부장이 삼십여 년을 근무한 곳이다. 사람도, 공장도, 하던 일도, 여전했다. 가끔씩 서울 본사에 와도 김선배가 있었다. 어차피 A중공업 본사에 가도 직원들의 상당수가 기존의 A그룹 사람으로 바뀌고 있던 처지였기에, 글로넷 본사가 있는 강남에 와도 별반 큰 차이를 못 느꼈던 것이다. 이제 글로넷이라는 회사에는 김부장이 믿고 의지할 수 있는 사람이 아무도 없다. 그를 잡아 뜯으려는 하이에나들만 사방에서 몰려오고 있다. 이것은 이미 짜여진 각본이다. 그러나 아무리 각본을 짰어도 증거는 있어야 한다.

위원회가 길어지자 사람들이 조급해 했다. 빨리 퇴근하고 싶은 것이 월급쟁이들의 본능이다. 그들은 충분히 알았다며 김부장에게 돌아가라고 했다. 본사를 떠나면서 김부장이 선언하듯이 말했다.

"난 내일부터 다시 출근하겠습니다. 이런 말도 안 되는 엉터리 사건을 만들어서 한창 바쁜 사람을 일도 못하게 하다니, 대체 이런 경우가 어디 있습니까? 그래도 소위 대기업이라는 곳에서 이런 식으로 주먹구구 일을 처리합니까? 아직도 미덥지 않은 부분이 있다면 내 뒷조사를 하든지 맘대로 하세요. 난 당당하니까."

전철에서 내렸지만 맨 정신으로는 도저히 집에 갈 수가 없다. 평생을 공고히 다져왔던 자신의 입지가 흔들리고 마구 짓밟힌 자존심은 길바닥의 홍보 전단지와 함께 나뒹굴고 있다. 초라해진 김부장의 육신도 그렇게 전단지와 함께 뒹굴며 통곡하고 싶다.

김부장은 전철역 근처의 포장마차에서 소주를 마셨다. 김부장은 이슬처럼 맑은 소주잔을 한참동안 들여다봤다. 김부장은 소주보다 맥주를 좋아했다. 그렇지만 여러해 전에 회사가 A그룹으로 인수되면서부터 소주를 마셔야 했다. 마침 그때, A그룹에서 경영하던 주류회사에서 새로운 상표의 소주를 내어놓고 홍보하던 때였다. 회사에서는 같은 그룹의 자회사를 도와줘야 했으므로 직원들에게 매주 3만 원짜리 소주 티켓을 나눠줬다. 회사는 소주를 마셔야하는 동네까지 지정해줬다. 직원들은 소위 먹자골목이라고 알려져 있는 곳들을 이 동네 저 동네 순례하듯이 매주 소주를 마셨다. 술 마신 다음날, 그들은 회사에 영수증을 제출해야 했다. 그건 의무였다. 김부장이 소주를 마시기 시작한 계기였다. 서울 본사에서는 낮 시간에 소주냄새를 풍기고 들어가도 묵인해준다는 얘기까지 돌았다.

불과 이삼 년 전의 일이지만 A그룹이 주류회사를 매각하자 그건 어느새 옛 이야기가 되어버렸다. 수많은 A중공업의 사람들이 이미 소주의 애호가가 되어버린 뒤의 일이다. 김부장이 술을 마시면 아내가 짜증을 내기 시작한 것도 그때부터였다.

아내는 술 마시고 귀가한 김부장의 몸에서 소주와 안주가 뒤섞여 풍기는 냄새를 싫어했다. 그가 생각해도 고약했다. 게다가 술 마시며 피워댄 담배의 니코틴까지 아내의 후각을 괴롭혔다. 급기야 아내는 그가 술 마신 날은 다른 방에서 자겠다고 선언했다. 그때부터 시작된 아내의 후각은 이후에도 그의 입술이 닿는 것을 허용하지 않는다.

도대체 뭐가 문제란 말인가. 단지 그를 아껴주던 김선배가 없을 뿐이다. 그렇다고 그가 김선배를 의지하고 일을 소홀히 하거나 동료들과 분란이 있었던 것도 아니다. 김부장은 아무리 생각하고 또 생각해도 잘못한 것이 없다고 자신했다.

지금까지 그는 당면하는 문제들을 단도직입적으로 해결해왔다. 허세가 아닌 자신감을 갖고 살아온 날들이다. 그가 발휘한 능력만큼이나 어느 누구도 그가 쌓아온 권위에 함부로 흠잡고 도전하지 못했다. 이번에도 정면 돌파할 것이다.

그럼에도 불구하고 마음 저 깊은 밑바닥에서 의구심이 스멀스멀 올라오면서 커져만 갔다. 김부장은 자괴감에 빠진 채 헤어 나오지 못하고 허물어질 것처럼 혼돈 속에 갇히고 있다.

19. 출근

꼬박 2주 동안 출근을 못하고 자리를 비웠다. 그렇지 않아도 바쁜 시기다. 김부장은 잔뜩 밀려있을 업무를 생각하자 마음이 분주했다. 회사정문에 들어설 때 경비실의 문이 열리고 경비대장이 밖으로 나왔다.

"부장님, 요즘 어쩐 일이십니까? 휴가 때도 출근하던 분이 통 안보이시던데요?"

"아 예 형님, 조금 쉬었어요. 별 일 없으셨죠?"

"저야 늘 똑 같죠 뭐. 어디 아프지 않으셨으면 다행입니다."

"예, 그럼 수고하십시오."

삼십 여년을 같은 직장에서 근무하다 보니 경비대장과도 상하 관계를 떠나서 형님아우로 지낸 사이다. 그러니 김부장이 출근하지 않고 있던 것을 누구보다도 먼저 경비대장이 알고 있었다. 정문을 지나서 사무실로 걸어가는 동안 수많은 A중공업의 직원들을 만났다. 그들은 여전히 반갑게 인사하고 맞아줬다.

김부장은 A글로넷으로 전직한 이후부터 사용하고 있는 가건물의 계단을 밟으면서 생각했다. 문을 열고 들어서면 여직원들의 얼굴을 어떻게 볼까. 그저 아무 일도 없었다는 듯이 천연덕스런 얼굴로 대해야할까. 아니면 평소처럼 아침 회의를 하면서 그 얘기를 꺼내야 하나.

문을 열고 들어섰지만 사무실은 썰렁하다. 반겨주기는커녕 직원들의 그림자도 보이지 않았다. 그는 벽시계를 올려다봤다. 시계는 그가 늘 출근했던 시각 그대로 7시 정각을 가리키고 있다. 원래의 출근 시간은 8시다. 김부장은 한 시간 먼저 출근해서 이메일 등을 확인하는 것이 오랜 습관이다. 그런 다음 구내식당에 가서 아침식사를 했다. 8시에 맞춰서 돌아와 보면 직원들이 출근해 있었다. 아, 그랬구나. 오늘도 그럴 것이다.

그의 책상은 깨끗하게 정리되어 있었다. 컴퓨터를 켜자 그동안 밀려있던 이메일이 홍수처럼 쏟아졌다. 스팸메일이야 이미 분류되어 따로 삭제되고 있다. 그렇지만 업무상 메일은 하나씩 제대로 살펴봐야 한다. A그룹은 직원들의 이메일 계정을 따로 쓰기 때문에 회사 밖에서는 이메일을 확인할 방법이 없다. 김부장이 집에서 컴퓨터를 켜고 이메일을 확인하려고 했어도 회사 계정은 아예 열리지 않았다. 업무가 많이 밀려있긴 했어도 큰 사고는 없었다. 다행이다.

시간이 얼마나 지났는지도 모른 채 일을 했다. 문득 뭔가 이상한 것을 느꼈다. 뭐지? 김부장이 고개를 들고 벽시계를 쳐다봤다. 시계 바늘이 9시를 지나고 있다. 그런데, 아무도 출근하지 않았다.

박지선에게 전화했다. 받지 않는다. 천경은에게 했다. 역시 받지 않는다. 아니, 얘들이? 김부장의 머릿속이 하얘지고 있다. 그러고 보니 벌써 사무실 청소를 마쳐야 했을 천경은의 엄마도 보이지 않았다.

전화벨이 울렸다.

"안녕하십니까. A글로넷 김준영입니다."

수화기 저편에서 말이 없다.

"여보세요."

"출근하셨군요. 서울 박과장입니다."

"그래요, 어찌된 일이요? 아직까지 아무도 출근하지 않았어요."

"그럴 겁니다. 부장님 사건과 관련해서 인사위원회가 결정내릴 때까지 여직원들을 재택 근무시키기로 했습니다. 업무와 관련해서도 부장님은 서울 본사하고만 연락할 수 있습니다. 그러면 본사에서 여직원들에게 지시를 내릴 겁니다."

"뭐요? 날 아예 격리시키자는 겁니까?"

"이해하십시오."

"어디 맘대로 해보세요. 인사위원회 때도 누누이 말했지만 난 절대적으로 결백하니까."

전화가 먼저 끊겼다. 김부장은 한동안 망연한 채로 앉아있었다.

동진물류의 진이사가 오전에 찾아왔다.

"부장님, 도대체 어떻게 된 일입니까? 부장님이 열흘씩이나 자리를 비우셨는데 아무도 말해주는 사람은 없고 영 답답해서 견딜 수가 없더라고요. 평소에 지각이나 결근도 전혀 안 하시던 분이 안 나오시니, 업무 조정을 해야 하는데 연락이 안 되고. 이거야 원 답답해서……."

진이사가 갑자기 말을 멈추고 사무실을 둘러봤다. 직원들의 책상이 깔끔하게 정리되어 있다. 사람의 흔적이 전혀 없다.

"아니, 부장님. 이게 대체?"

"음, 밥이나 먹으러 갑시다. 아침도 못 먹어서 그런지 머리가 텅 비어버린 것 같아요. 점심시간이 다 되었는데, 마침 진이사님이 잘 오셨네요. 오늘따라 혼자서 먹기가 좀……."

구내식당은 늘 붐비면서도 활기차다. 시설의 현대화는 물론이고, 한식, 양식, 중식으로 나눠져 있어서 식성에 따라서 원하는 대로 먹을 수 있다. 한꺼번에 천여 명이 앉아서 식사를 할 수 있으니 넓기도 참 넓다. 예전에는 임직원들과 현장근로자의 식탁이 구분되어 있었지만, 회사가 A그룹으로 넘어가면서 그 간격을 없애고 새로이 리모델링했다. 그러한 혁신에 대부분의 직원들이 환호했다. 은근히 식사시간을 기다리는 사람도 생겼다. 그 시간이면 지위고하를 막론하고 식탁에 둘러앉아서 대화를 나눌 수 있었다. 그렇지만 그건 겉으로 보여지는 혁신이었다. 한 달 두 달이 지나면서 소문이 돌았다. 어느 부서, 누가, 왜 사직을 해야 하는지. 그들 대부분이 중견간부들이었다. 그들이 나간 자리는 A그룹에서 보낸 사람들이 차지했다.

지난 열흘 동안 유폐되다시피 지냈던 김부장이다. 구내식당에서 만나는 사람들 모두가 무척 반가웠다. 사람과의 만남이 이토록 소중한 것인 줄 미처 모르고 지냈다. 살아간다는 것이 별게 아니다. 사람을 만나서 손 한 번 잡고 흔들며 안부를 묻는 것, 그 자체만으로도 이렇게 가슴속이 시원해질 줄이야. 그러고 보니 자기 안에 욕심이 너무 많았던 것은 아닌지 생각해보는 김부장이다. 그렇지만 지금 당장 가

숙속을 열어보여도 부끄럽지 않을 만큼 여직원들에게 실수한 적이 없다고 당당히 말할 수 있다. 아무리 인사위원회라고 해도 별일은 없을 거다.

신입사원 때부터 삼십 여년을 다닌 직장이다. 직원이 수천 명이 된다고 해도 서로의 얼굴 정도는 알고 지냈다. 그가 A글로넷으로 전직했어도 대부분의 직원들은 아직도 김부장을 같은 A중공업의 직원이라고 생각했다.

"하하, 글쎄 제가 성희롱을 했다네요."

"예? 뭐라고 하셨어요?"

"성희롱을 했대요. 그것도 김이설씨를."

진이사가 휘둥그레진 눈으로 김부장을 쳐다봤다.

"아니, 부장님이 어떻게 그런 짓을? 대체 누가 그래요?"

점심식사를 마치고 사무실로 돌아와서 커피를 마시고 있던 중이다. 김부장은 텅 비어있는 사무실을 자꾸만 둘러보는 진이사에게 더 이상 숨길 수가 없다. 동진물류는 협력업체라도 글로넷처럼 A중공업 내부에 사무실을 갖고 있기 때문에 한 회사처럼 서로의 사정을 잘 알고 지내는 사이다. 더욱이 동갑내기인 진이사와는 오랫동안 친구처럼 지내왔다.

"하하, 나 참 어이가 없어서. 글쎄, 저 자리에 앉는 애 말이요 김이설씨. 내가 걔를 성희롱 했다네요."

"예? 김이설씨라면, 작년에 채팅 때문에 말썽 피웠던 애지요? 걔는

부장님이 말도 잘 안 걸잖아요?"

"글쎄 말입니다. 개인적으로는 일 얘기도 안 하는데 어이가 없네요."

"혹시 뭔가 오해가 있던 것은 아닐까요?"

진이사가 영문을 알 수 없다는 표정으로 김부장을 바라봤다.

"그랬으면 좋겠지만요, 내 참 어이가 없네요. 글쎄 작년 여름, 그것도 걔가 입사도 하기 전에 있던 일을 갖고 말하네요. 참나, 일하게 될 사무실을 구경하겠다고 걔가 놀러왔을 때 점심 먹으러 다 같이 구내식당에 갔거든요. 식당에 가야 하는데 갑자기 비가 쏟아졌어요. 아시다시피 저도 이렇게 서랍 속에 우산이 항상 있고, 다른 여직원들도 모두 갖고 있었지요. 내가 앞장서서 식당 쪽으로 가는데 김이설이가 내 우산 속으로 뛰어들지 뭡니까? '부장님하고 같이 갈래요.' 하면서. 그런가보다 했지요. 하 참, 근데 그게 성희롱이랍니다."

"예? 여기서 식당까지 가려면 넓은 길인데, 그것도 점심시간이면 직원들이 엄청나게 많았을 텐데요."

"그러게 말이죠. A그룹으로 흡수되고 나서 참으로 다양한 방법으로 사람들을 내쫓더니, 하다하다 이젠 성희롱 죄를 씌우려는 봅니다. 허!"

"혹시, 부장님께서 여직원들하고 노래방 같은데 가신 적 있나요?"

"노래방은커녕 걔들하고는 따로 식사도 같이 안했어요. 구내식당에서라면 모를까."

"하긴, 제가 아는 부장님은 절대 그런 분이 아닌데……, 대체 김이설씨는 왜 그런 소릴 했답니까?"

"낸들 알 수 있나요. 다만, 작년에 개가 채팅하다가 들켜서 혼났던 사건 아시죠? 아마 그때 앙심을 품었던 게 아닌가, 생각되네요."

"아니? 그건 개가 사죄하고 잘 마무리되었던 거잖아요?"

"휴우~ 그러게요."

"참 알 수 없네요."

진이사가 말을 하다말고 사무실을 둘러봤다. 텅 비어있는 사무실이 또다시 그의 눈에 밟혔던 것이다.

"그건 그렇다 치고 다른 여직원들은 왜 안 보이는 거죠?"

"인사위원회가 결정내릴 때까지 여직원들을 재택 근무시킨답니다. 날 아예 전염 병자처럼 격리시키려는 모양입니다."

"어휴, 말도 안 돼요. 기막혀서 원. 조사해보면 다 나올 텐데 이런 억지가 어디 있어요?"

"우리 애들이 알까봐 겁나요. 세상에 저들 아빠가 딸보다 어린 여직원을 성희롱했다고 하면 우리 애들이 날 어떻게 생각하겠어요. 잘못한 게 없으니 별 일이야 없을 거라고 생각하지만 혹시라도 애들 귀에 들어갈까 싶어서, 그게 가장 걱정돼요."

"참, 부장님 따님들이 결혼적령기지요? 어휴, 따님들이 알면 정말 큰일이죠. 얼마나 애써서 키운 따님들인데, 알면 크게 실망하고 상처받을 겁니다. 일이 해결될 때까지 절대 모르게 하셔야 해요."

그동안 혼자서 끙끙거리다가 말이라도 나눌 수 있는 사람을 만난 것만으로도 김부장의 가슴이 조금 뚫리는 것 같다.

진이사가 돌아가고 나서 남아있던 서류들을 재빨리 정리한 뒤 오후 내내 보세창고와 출하장 등을 다니며 시간가는 줄 모르고 지냈다. 사람들이 아팠던 거냐며 걱정을 했다. 하긴, 그동안 회사의 요청으로 전화조차 받지를 못했으니 여러 가지 추측이 난무했던 거다. 속 시원히 말할 수 없는 김부장은 쓴 웃음만 지었다. 이제라도 다시 출근할 수 있으니 모든 일이 잘 될 거라고 스스로를 위로했다. 한편으로는 김이설이 괘씸하기 그지없다. 옛말에 머리 검은 짐승은 거두지 말라고 했던가. 은혜를 원수로 갚아도 유분수지 이런 말도 안 되는 일을 벌이다니. 김이설을 생각할 때마다 김부장의 가슴속에서 활활 불길이 이는 것 같다.

20. 소문

여직원들이 없으니 고충이 만만치 않다. 출하 물량이든 운송비든 컴퓨터 앞에서 곧 바로 일을 처리해줘야 한다. 매번 본사의 서버에 연결해서 일을 지시하는 것도 불편하기 짝이 없다. 평소 같으면 김부장 자신의 컴퓨터는 켜지 않아도 되었다. 외부 거래처에 있다가도 결정된 사항들을 여직원들에게 지시하면 곧 바로 처리했다. 그런 사소한 업무조차 매번 컴퓨터를 통해서 해야 하는 것도 김부장으로서는 낯설 뿐만 아니라 쓸데없는 시간낭비일 뿐이다.

다음 날, 이사장이 찾아왔다. 거래업체 중에서도 업무협조가 잘 될 뿐만 아니라 물량을 가장 많이 소화하는 업체다. 그렇게 된 이유는 운송에 필요한 로베드를 이사장네가 실질 소유하고 있기 때문에 가능했다. 여러해 전에 장비 운송 차량들이 연속적으로 과적 단속에 걸리곤 했다. 기계장비 자체만으로도 당연히 과적에 걸릴 수밖에 없는 것이 현실이다. 오랫동안 고심하던 김부장이 묘안을 냈다. 그것은 장비를 두 조각으로 분리해서 따로따로 운송한 뒤에 다시 조립하는 것이다. 김부장의 제안에 대형 운송업체들은 거절했다. 일을 번거롭게 한다는 이유와 함께 운송과정에서 부품 분실 등의 우려가 있다는 핑계였다. 그 때 마침, 해보겠다는 업체가 나왔다. 그때까지 A중공업의 운송물량을 가장 작게 받았을 뿐만 아니라, 대형물류회사가 받은 물량을 하청 받아서 소화시키던 업체였다.

그 이후로 협조가 잘 된 덕분에 A중공업은 물류비용에서만 계산해도 년 평균 10억 원 이상을 절약할 수 있었다. 당연히 그 업체도 승승장구할 수 있는 계기가 되었다. 그 업체의 대표가 이사장이다.

"부장님, 이상한 얘기를 들었어요."

"무슨 얘기요?"

"어제 서울 이진구부장하고 통화를 했는데 부장님께서 그만두시게 될 거라는 얘길 했어요."

"뭐요? 아니 그 친구가 제 정신 아닌 모양이군. 참나 원."

"이진구부장 말로는 부장님께서 성희롱을 하셨다고 하던데요, 대체 어떻게 된 겁니까?"

기가 막혔다. 아무래도 저 자들이 문제를 만들려고 작정한 것 같다. 진실이 아닌 얘기를, 그것도 인사위위원회에서 좀 더 사실관계를 파악해야 하는 문제를 직원들이 발설하고 있다니. 김부장이 그동안 있었던 일을 들려주자 이사장이 걱정스런 얼굴로 말했다.

"이건 혹시나 해서 드리는 말씀인데요, 글로넷 사람들이 부장님을 내보내려고 그림판을 만든 거 아닌가 싶은데요."

"내 생각도 그래요. 하지만 잘못 짚었지. 내가 여직원들 데리고 밥이라도 따로 먹었으면 큰일 날 뻔 했어요."

"조심하십시오. 부장님이 잘못되면 저희도 곤란해집니다. 그렇지 않아도 이번에 새로 오신 글로넷 사장님하고 지현통운이 가깝다는 얘기도 있어요."

"아, 나도 그 얘긴 들었어요. 그뿐 아니라 이사장님네 물량을 그쪽으로 밀어주라는 지시까지 했었소."

"예? 벌써 그런 일이?"

햇볕에 타서 유난히 검은 이사장의 얼굴이 더욱 어두워졌다.

"걱정 마세요. 지금까지 이사장님이 잘 해왔던 일이고, 사장님네만큼 우리 일을 맡아서 해줄 곳은 없어요."

"그렇기는 한데 뭔가 이상한 냄새가 나는 거 같아서요."

"나도 그게 좀……."

이사장이 돌아가고 나서 김부장은 글로넷 본사의 이진구부장에게 전화를 걸었다.

"잘 지내시죠?"

잠깐, 아주 잠깐 동안이지만 이진구가 머뭇거리는 것을 김부장은 느낄 수 있었다.

"아예……, 건강하시죠?"

"덕분에요. 그런데 내가 회사를 떠날 거라고 이부장이 말했다던데 그게 진짭니까?"

"죄송합니다. 저도 들은 얘기라서……."

"그래요? 그럼 내가 성희롱했다는 얘기도 이부장이 한 겁니까?"

"저야 들은 대로 했을 뿐입니다."

소위 부장이라는 자의 입에서 나오는 말이 한심했다. 게다가 이진구는 A중공업에서 근무하던 자신을 글로넷으로 끌고 가려고 갖은 애를 썼던 사람이다. 그런데 두둔해 주기는커녕 헛소문까지 퍼트리고 있다.

"이것 보세요, 난 그런 짓을 하지도 않았지만 인사위원회에서 조사 중인 일을 그렇게 함부로 말해도 되는 겁니까?"

"예, 죄송하게 됐습니다. 그렇지만 직원들이 다 알고 있는 사실인데 쉬쉬 해서 감춰지나요."

"뭐라고요? 난 그런 적이 없단 말이요. 하물며 사실로 밝혀진 것도 없는데 어떻게 그렇게 말할 수 있어요? 그리고 인사위원회는 조사 중인 사건을 외부로 유출하면 안 되는 거 아니요?"

"그거야 제가 모르죠. 다만, 본사에서는 다들 그렇게 알고 말하니까 유감스럽지만 저라고 어쩌겠습니까."

같은 부장 직급이지만 연봉이 김부장과 이진구는 많은 차이가 났다. 그뿐이 아니다. 그룹에서 글로넷이란 물류회사를 만들어서 영업을 시작했을 때는 A중공업의 국내물류를 총괄하던 김부장을 찾아와서 물량을 달라고 애걸도 했었다. 문제는 글로넷이란 회사는 운송 차량이 없어서 물량을 주고 싶어도 그럴 수 없다는 거였다. 아무리 같은 그룹을 내세워도 운송 차량도 없이 운송하겠다는 것은 다른 운송회사에 재하청을 주겠다는 심보였다. 물론 그만큼 운송비가 올라간다는 것이다. 당시 김부장은 그가 속해 있던 A중공업을 위해서는 물론, 타 협력회사를 생각하지 않을 수 없었다. 달리 선택의 여지가 없었다.

결국, 그들은 기득권을 이용했다. 그룹의 각 회사에서 담당하는 물류 부문을 글로넷으로 모아서 총괄하게 되었다. 그러한 그룹의 물류 통합으로 각 회사의 물류 담당자들이 이진구의 휘하가 되어버렸다. 어느 날 갑자기 갑과 을이 뒤바뀐 것이다.

21. 해임 통보

커다란 바위덩어리를 가슴위에 올려놓은 채 또 한 주가 지났다. 여
직원들은 여전히 재택근무였고, 김부장은 혼자서 출하장과 보세창고
를 뛰어다니다가 오후 늦게 사무실로 돌아와서 서류를 작성해야 했
다. 말이 재택근무지 사실상 여직원들에게는 휴가나 마찬가지였다.
일일이 회사 사이트에서 지시하는 것보다는 차라리 직접 작성하고
프린트해서 현장에 들고 나가는 것이 훨씬 빠르고 쉬웠다.

지방에 있는 A중공업 공장들 쪽에서 아우성이다. 벌써 지난달에
출장 갔어야 했다. 눈으로 직접 보면서 해결할 문제들이 그대로 산적
해 있다. 그들은 내용도 모른 채 제때 연락이 안 되는 김부장을 원망
했다. 특히, 창원공장은 더 이상 미룰 수 없는 상태다. 김부장이 창원
출장을 준비했다. 늘 출장길을 동행하던 서울 본사의 장대리에게도
준비하라고 지시했다. 아내에게 전화해서 다음날 새벽에 KTX를 타
고 출장 갈 테니 짐을 꾸려달라고 했다. 그가 창원에 출장 가는 날이
면 아내가 늘 광명역까지 태워다주곤 했다.

우선 인천 공장의 밀렸던 일들을 마무리해야 했다. 밥 먹을 시간도
없이 몰아쳐서 일했다.

김부장의 귀가는 당연히 늦어졌다. 저녁식사도 못한 채 집에 들어오니 9시가 훌쩍 지나서 10시가 되었다. 하긴 여직원들이 재택근무를 시작한 뒤로 계속된 늦은 귀가였다. TV에서는 그가 즐겨보는 저녁 뉴스시간이 끝나고 연속극이 시작되고 있었다.

아내가 저녁식사를 차려줬다. 김부장이 근신했던 2주가 지났고 인사위원회가 있은 지 1주일이 지났다. 그동안 아내는 눈에 띄게 말 수가 적어졌다. 아내는 지난 몇 주 동안 그의 눈치만 살피고 있다. 김부장도 마음이 편치 않다.

"당신, 아직 일이 마무리되지 않았는데 출장가도 괜찮겠어요?"

"응, 별일 없을 거야. 제 아무리 성희롱이라고 해봤자 뭐가 있어야지. 그러니 걱정 안 해도 돼. 벌써 한 달이나 출장을 미뤘는데 일을 계속 지연시키고 있을 순 없잖아."

"그 김이설이란 애는 대체 왜 그랬대요?"

김부장은 곧바로 대답하지 못했다.

"내 생각이 맞았죠?"

"응. 그런 거 같아. 나도 그 정도로 애가 무개념일 줄은 몰랐어. 그런데 당신은 어떻게 걔라고 콕 집었던 거지?"

"그거야 그동안 당신이 여직원들한테 잘 해준 거 알고 있으니까. 게다가 그 김이설이란 애만 작년에 채팅 문제로 속 썩였으니까. 그때 당신이 화도 내고 속상해 했잖아요. 여자가 한을 품으면 오뉴월에도 서리가 내린다는 속담쯤은 당신도 알 거 아니에요."

김부장은 말없이 젓가락만 움직였다. 김이설은 그때 분명히 잘못했다고 말했다. 시키지도 않았는데 무릎까지 꿇고 빌었다. 시간이 지나면서 김부장은 잊고 지냈던 일이다. 다만, 김이설에 대한 신뢰는 땅에 떨어져서 중요한 일은 김이설에게 시킬 수 없었다. 그 일이 한을 품을 만큼 억울했단 말인가. 근무시간에 채팅이나 해서 사무실 분위기를 엉망으로 만들었던 것은 미안하지도 않단 말인가.

갑자기 현관에서 벨이 울렸다. 상념에 잠겼던 김부장이 아내의 얼굴을 쳐다봤다. 누굴까? 딸애들은 현관문의 비밀번호를 누르고 들어온다. 큰 딸은 맡고 있는 과외가 아직 끝나지 않아서 좀 늦는다고 했다. 둘째는 서울로 하는 통학을 힘들어해서 이번 학기부터 학교 앞에 원룸을 얻어 줬다. 그러니 주중에 집에 돌아올 리가 없다. 아내가 현관으로 나갔다.

"누구세요?"

"퀵서비스입니다."

순간, 김부장은 숨이 멎는 듯 긴장했다. 아내가 우편물을 받아서 들어왔다. 겉면에 '징계처분 통지서'라고 적혀 있다. 징계라니. 그래, 부하 직원을 제대로 이끌지 못한 것도 징계 받을 만하겠지. 봉투를 여는 김부장의 손이 긴장해서 제대로 움직여주지 않았다.

김부장의 손이 부들부들 떨렸다. 그가 들고 있던 서류를 떨어뜨리자 아내가 주워서 읽었다.

"아니, 대체 이게 뭐예욧? 해임이라니, 당신 정말 무슨 짓을 한 거 아니에요?"

징계 처분 통지서

【2012년 제 1차 인사위원회 의결 】

소속	국내물류사업팀 인천출장소	직위	부장	성명	김준영
징계 사유					

소속	국내물류사업팀 인천출장소	직위	부장	성명	김준영
징계 사유	**1. 본인의 직장 내 지위를 이용하여 국내물류사업팀 인천출장소 내 김이설 사원, 박지선 사원, 천경은 사원 3명에 대해 성적인 불쾌감 및 수치심을 유발하여 고용 환경을 현저히 악화시킨 사유** (1)【취업규칙 3조 3항 복무자세】 종업원은 항상 회사의 신용과 명예를 손상하는 일이 없도록 한다. (2)【동 규정 35조 직장 내 성희롱 금지】 회사는 사업주 상급자가 직장 내 지위를 이용하거나 업무와 관련하여 다른 근로자에게 성적인 행동 등으로 성적 굴욕감을 유발하게 하여 고용 환경을 악화시키지 않도록 한다. (3)【동 규정 33조 직장 내 성희롱 예방】 직장 내 성희롱을 한 자에 대한 부서전환, 징계 기타 이에 준하는 조치를 한다. (4)【상벌규정 7조 3항 11호 (동 규정 7조 4항 10호 준용)징계해임 사유】 공서양속에 반하여 회사의 풍기와 질서를 문란케 한 정도가 현저한 때				
징계 처분	• 최종 징계량 : 징계 해임　　　* 징계 확정일자 : 2012년 3월 19일				
비고	1. 본 처분이 부당하다고 판단되실 때에는 이 징계결정서를 발송한 날로부터 14일 이내에(4/2까지) HR팀을 거쳐 인사위원회에 재심을 청구하실 수 있음. 2. 위 재심청구 시는 사유를 명시하고 구체적인 입증 및 반증자료를 첨부한 소정 서식에 의하여야 함.				

2012년 3월 19일

시행권자 : (주)A그룹 글로넷 BG BG장 성도양

－－－－－－－－－－－－－〈절 취 선〉－－－－－－－－－－－－－

징계 처분 통지서 수령증

소속 : 국내물류사업팀 인천출장소 직위 : 부장 성명 : 김준영
상기 본인은 2012년 3월 9일에 제1차 인사위원회에서 의결된 징계에 관한
징계처분 통지서를 틀림없이 수령하였습니다.

2012 년 3월 19일 본인 : (인)

(주)A그룹 글로넷BG BG장 성도양

김부장의 귀에는 아내의 절규가 들리지 않는다. 꿈일 거야. 이럴
리가 없어. 내가 뭘 했다고 이러는 거지? 어떻게 이런 일이 생긴 거
야? 그의 마음속에서 온갖 소리들이 아우성치고 있었다. 외침, 외침,
외침들!

인사위원회에서 자신의 결백을 충분히 밝혔다고 생각했다. 가슴속
을 완전히 열어 부끄럽지 않게 보였다. 그런데 이건 뭐란 말인가. 내
가 한 말들을 모두 쓰레기통 속으로 던져버렸단 말인가.

증거를 보여 달라고 했다. 투서가 있으면 투서를, 진정서가 있으면
진정서를 보여 달라고 했다. 피를 토하듯 간청했던 김부장의 요청을
그들은 묵살했다. 그리고 일주일이 지난 지금에 와서, 그것도 한밤중
10시가 훨씬 넘은 시간에 퀵서비스로 통지서를 보냈다. 징계통지를
하려면 회사에서도 얼마든지 가능했다. 멀쩡한 낮 시간을 두고서, 내
일이면 출장까지 가야 할 사람에게, 그것도 밤 11시가 다 된 시각에
가족들 앞에서 이런 끔찍한 통지를 받게 하다니. 대체 저 자들은 무

슨 속셈으로 이런 짓을 벌인단 말인가.

그때, 큰딸이 현관문을 열고 들어왔다. 금세라도 폭발할 것 같은 거실 분위기를 보고 큰딸이 소파 한쪽에 조용히 앉아서 부모의 표정을 살폈다. 딸애는 직장생활을 2년 하고 나더니 많이 성숙해졌다. 올해 직장을 그만두고 대학원에 진학했다. 학비는 그동안 저축한 돈과 과외지도를 통해서 해결한다고 했다. 자랑스럽고 기특했다. 그런 딸 앞에서 이 무슨 추태란 말인가.

지금까지 가족들 사이에서 비밀을 만들지 않았다. 덕분에 애들이 밝게 잘 자라줬다. 김부장은 딸의 얼굴을 물끄러미 바라봤다. 아빠가 말해주길 기다리며 앉아있는 딸의 눈빛이 참 맑다. 그렇다. 회사의 여직원들은 딸애보다도 어린 나이다. 평소에도 그들 부부는 딸들하고의 대화를 자유롭게 했다. 그런 만큼 밖에서 무슨 일이 생겨도 부모와 상의할 수 있다고 생각했기 때문이다. 그런 그가 여직원을 성희롱했다는 이유로 해임통지를 받았다. 그을 어떻게 이 기막힌 일을 전달할 수 있을까. 그렇지만 숨길 수도 없다.

김부장이 소파에서 일어나며 말했다.

"엄마한테 들어라. 그렇지만 난 너희들에게 부끄러운 짓을 한 적이 없다."

김부장이 안방 문을 열고 들어갔다. 그는 불도 켜지 않은 채 침대에 누웠다. 대체 어디서부터 뭐가 잘못된 건지 도무지 알 수가 없다. 당장 회사를 못 다니면 가족의 생계는 어떻게 할까. 아니 그럴 리가 없다. 내일 출근해보면 알 수 있을 거다. 지난 일주일 동안 그가 업무에 복귀해서 정신없이 일하고 있을 때도 아무런 말이 없었다. 여직원들이 재택근무해서 불편한 것만 제외하면 모든 것이 정상이었다. 그런데 갑작스런 해임통보가, 그것도 내일 새벽에 출장을 가기로 한 늦은 밤에 왔다. 세상이 미쳤던지 자기가 미쳤다고 생각됐다. 아내와 큰딸이 거실에서 대화를 하고 있겠지만 김부장은 전혀 들을 수가 없다.

다음날, 김부장은 평소처럼 출근했다. 서류가방 속에 들어있는 징계처분 통지서 따위는 개의치 않으려고 했다. 필시 누군가의 장난일 거라고 생각됐다. 하지만 그건 김부장의 오만일 뿐이었다.

김부장이 정문에 들어서려고 하자 경비대장이 막아섰다.

"부장님, 죄송합니다. 못 들어가십니다."

"뭐요? 형님, 대체 왜 그러세요?"

경비대장 머뭇거렸다.

"저기……, 오늘 그룹 인사부에서 통지문이 왔어요. 부장님이 해임되었으니 회사 출입을 금지시키라는 지시를 받았습니다. 죄송합니다."

하늘이 노랗게 변했다. 한밤중의 퀵서비스도 모자라서, 아침엔 아예 출근까지 저지시키다니. 이게 대체 뭔 일일까. 그의 몸이 비틀거렸다.

"부장님, 괜찮으십니까?"

경비대장이 그를 부축하며 미안해서 어쩔 줄 몰라 했다. 그제야 김부장은 이 모든 일이 현실이라는 걸 깨달았다.

출근하던 사람들이 무슨 일인가 싶어서 돌아다 봤다. 이대로 있으면 망신이다. 김부장은 서둘러 주차장으로 향했다. 승용차의 문을 여는 김부장의 손이 후들거렸다. 출근시간이라서 주차장은 몹시 복잡했다. 들어오는 차들 속에서 역주행으로 나가려면 남들 눈에 쉽게 뜨일 것이다. 모든 것이 두려웠다. 마치 자신이 진짜로 여직원들을 성희롱 했던 것은 아닌지 싶어졌다. 이 혼란스러움을 어디까지 감당할 수 있을까.

그때 휴대전화가 울렸다. 이진구부장이다.

"출근하셨다고요?"

"당신들 대체 왜 이러는 거야? 삼십여 년을 어떻게 다닌 회산데 하루아침에 더러운 누명까지 씌워서 쫓아내려고 하다니, 정말 이래도 되는 거요?"

"하하, 그렇게 됐습니다. 이해해 주세요."

"대체 나더러 어쩌라고 이런 짓을 하는 거요?"

"이런 짓이라니요, 투서가 있었으니 회사로서도 어쩔 수가 없지요. 그나저나 아직 대학에 다니는 따님도 있으신데 어쩝니까. 그냥 받아들이시면 저희가 좋은 자리 알아봐드리죠. 마침 지현통운에서 부사장님으로 모시겠다는데 그 정도면 괜찮으시죠?"

수화기 너머에서 들려오는 이진구의 목소리가 귀청을 때리는 것처럼 울렸다. 김부장이 앉아있는 운전석의 의자가 땅 밑으로 꺼지고 있었다.

22. 의혹

널찍한 사무실에 적막을 깨트리며 키보드 소리만 울리고 있다. 각자의 책상에 코를 박다시피하고 여직원들이 모니터를 들여다보고 있다. 비록 파티션으로 칸막이가 되어있을지라도 고개를 들면 동료가 바로 옆자리에 있다. 그렇지만 그들은 서로 눈도 마주치지 않았다. 본사의 재택근무 명령에 그들 모두가 출근하지 않고 지냈다. 말이 재택근무지 휴가나 다름없었다. 덕분에 박지선은 오랜만에 부산집에도 다녀올 수 있었다. 그녀들이 재택근무하기 전에는 이 주 동안 김부장이 출근하지 않았다. 공식적으로는 휴가였다. 부장님이 뭔가 잘못한 듯싶은데 제대로 알 수가 없다. 그저 쉬쉬 하는 분위기다. 어젯밤에 갑자기 정상 출근하라는 명령을 받았다. 그들이 다시 출근했을 때 김부장은 없었다. 항상 가장 먼저 출근하던 김부장인데 오전 시간이 다 가도록 나타나지 않았다.

갑자기 사무실 문이 열리고 서울 본사의 장대리가 들어왔다. 여직원들이 그를 맞으며 반겼다.

맏언니격인 박지선이 말했다.

"장대리님, 대체 무슨 일 있는 거예요? 저희들한테도 말씀해 주셔야지요. 갑자기 재택근무 하라더니 또 출근하라고 하고. 게다가 부장님은 나타나지 않으시고."

"일단 모두 테이블로 모여 봐."

장대리가 그들 모두를 회의용 탁자로 불러 모았다.

"김부장님은 어제 날짜로 해임됐어. 이제부터 인천출장소는 내가 담당하게 될 거야. 물론, 본사의 이진구부장님이 총괄하겠지만."

천경은이 조심스레 말했다.

"부장님이 무슨 잘못했어요? 지난 이 주 동안 김부장님의 전화는 받지 말라고 하셔서 집에서도 안 받고 지냈는데. 제 엄마도 다른 곳에서 일하게 하고……."

천경은의 말소리가 점점 작아졌다. 이번 일로 그녀의 엄마가 사무실 청소부라는 게 밝혀졌다. 박지선과 김이설이 입을 삐죽거렸다. 김부장이 있을 때는 괜찮았다. 그녀의 엄마가 청소부라는 것도. 그 엄마의 간청으로 김부장이 그녀를 채용했다는 것도 모두 감춰줬다. 이제 김부장이 없으면 그녀를 보호해줄 사람이 없다. 시간이 갈수록 천경은은 주눅이 들었다.

"다 끝난 일이니까 쓸데없는데 관심 갖지 말고 일이나 열심히 해."

여직원들이 자리로 돌아가고 나자 장대리가 김부장의 자리에 가서 앉았다. 평소 그가 인천출장소에 오면 앉는 자리는 따로 있지만 개의치 않았다. 그는 김부장의 책상 위에 꽂혀 있는 책들을 이것저것 꺼내서 들춰보고 서랍도 열어봤다. 옆 테이블 위에 찻잔과 찻주전자가 따로 있다. 아내가 만들어준 차라면서 김부장이 그에게도 맛보라던 뽕잎차는 구수했다. 그동안 장대리가 봐온 김부장은 괜찮은 상관이었다. 군산이나 창원에 출장 갈 때마다 장대리를 꼭 데리고 다니면서 일을 가르쳤다. 덕분에 장대리도 관련된 업계의 인맥과 노하우를 모두 알게 되었다. 꼬박 일 년 동안 김부장에게 붙어 다닌 결과다. 이제는 혼자서도 잘 할 수 있을 것 같다.

김부장은 일을 명확하게 했지만, 무엇보다도 자기 휘하의 부하직원들을 끔찍이 챙겼다. 하다못해 나이 마흔이 다 되도록 결혼을 하지 못한 장대리를 걱정해서 소개팅까지 주선했다. 김부장의 아내가 아끼는 후배라고 했다. 간호사였다. 자그마한 몸집에 귀여운 얼굴의 여자였다. 한 마디로 탐나는 여자였다. 그런데 여자가 시큰둥했다. 전화를 해도 문자를 해도 그저 단답형의 답이었다. 김부장의 체면 때문에 할 수 없이 받아주고 있다는 기분이 들었다. 장대리는 자존심이 상했다.

"여기 김부장님 물건들 정리해야 하는데 누가 할래?"

장대리가 말하자 여직원들이 모두 그를 쳐다봤다. 김이설이 말했다.

"그거 어떻게 할 건데요?"

"책상 치워야 하니까 박스에 담아서 나중에 김부장님 집에 택배로 보내."

"제가 할게요."

천경은이 조그마한 소리로 말했다. 다른 여직원들은 당연하다는 듯 고개를 끄덕였다.

23. 아내

민숙은 결혼 후 전업주부로서 평탄하게 살았다. 남편을 생각하면 든든했다. 마음 놓고 기댈 수 있는 남자였다. 아무리 과음하고 숙취에 시달려도 남편은 새벽이 되면 벌떡 일어나서 남들보다 먼저 출근했다. 민숙은 남들이 명예퇴직 했다고 한숨 쉬면 위로를 하면서도 딱, 거기까지 뿐이었다. 마음속으로는 그럴 걱정 없는 남편이 있어서 든든했다.

그랬던 남편이 해고를 당했다. 그것이 명예퇴직도 아닌 불명예 해고다. 더구나 성희롱이라니! 대체 이게 무슨 청천벽력이란 말인가. 친구들과 이웃에게 알려지면 얼마나 손가락질 당할까. 무엇보다도 딸들이 알게 될까봐 더욱 두렵다. 아무리 생각해도 앞날이 캄캄하다.

하루 또 하루, 오늘도 해가 지고 있다. 거실 창가에 서서 하염없이 밖을 바라보는 남편의 뒷모습이 쓸쓸하다 못해 처량해 보였다. 도무지 현실이라고 믿어지지 않았다. 자고 일어나면 악몽에서 깨어날 수 있을까. 혹시, 남편이 정말 성희롱을 했던 것일까. 아니다. 남편은 결코 그럴만한 사람이 못 된다. 가족들이 모두 잠든 한밤중에 남편은 혼자서 거실을 서성였다. 새벽녘이 되면 곤히 잠든 딸애들 방에 들어가서 잠든 모습을 하염없이 지켜봤다. 그런 남편을 지켜보면서 민숙은 가슴이 미어질 것 같아서 흐트러지는 마음을 겨우 다잡는다.

남편은 분노를 억누르고 있는 것이 역력했다. 민숙은 우리에 갇혀서 으르렁대는 맹수를 연상했다. 지난번 인천대교에서 있었던 남편의 돌발적 행동이 민숙의 마음에 큰 상처를 남겼다. 바위처럼 든든했던 남편이 자살충동을 느꼈다는 건 그녀의 대들보가 무너지는 것이다. 그런 일이 또 다시 반복되지 않으리란 법은 없다. 민숙은 한 걸음 뒤에서 남편을 지켜보면서 평소와 다름없다는 듯이 행동하려고 애썼다.

남편을 몰아낸 자들이 협력업체 부사장 자리를 제안했다. 그건 남편이 성희롱을 하지 않았다는 간접적인 증거다. 진짜로 성희롱을 했다면 남편을 회유하려 들지 않을 거다. 그런 자리라도 받아들이면 생활에는 그런대로 지장이 없을 거다. 하지만 남편의 명예는 곤두박질쳐서 나락으로 떨어질 거다. 남편의 고민이 민숙에게 가슴 아프게 전달되고 있다. 후회 없는 선택을 해야 하는데 누구에게도 의논하기 힘든 얘기다.

성희롱이라는 말이 사람의 입에서 나오는 순간 사실이든 아니든 회자되게 마련이다. 일단 사람들 입에 오르내리기 시작하면 사실 여부를 떠나서 타인들은 기정사실로 치부해 버린다. 아니 땐 굴뚝에 연기 나랴! 민숙은 혹시나 하는 마음에 남편의 행동을 되돌아 봤지만 생각하면 할수록 조작이라는 심증이 굳어졌다.

민숙이 김선배를 찾아간 건 남편이 해임통고를 받은 지 이 주가량 지난 뒤였다.

"오랜만이네, 잘 지냈지?"

김선배가 환한 웃음으로 주위를 밝히며 들어왔다.

"네, 선배도 잘 지내셨죠?"

"그 동안 통 연락도 없더니 갑자기 웬일이야?"

김선배는 민숙의 입에서 무슨 말이 나올까 궁금하다는 표정이다. 대체 어떻게 어디서부터 말을 꺼낼까.

"어려운 얘긴가 본데, 숨을 크게 들이쉬고 나면 좀 편할 거야."

대학시절 동아리에서 만났던 김선배는 변호사다. 민숙은 이번 일을 겪으면서 믿고 상의할 수 있는 사람이 있을까, 많은 고민을 했다. 결국 김선배 밖에 없다고 생각했다. 설사 남편을 곤경에 빠트린 자들이 매수하려고 해도 김선배 만큼은 변하지 않을 거라는 믿음이 있었기 때문이다. 대개의 사람들은 시간이 지나면 실망을 안겨줬지만 오랫동안 지켜봤던 김선배는 오히려 더욱 존경심을 더하게 된 흔치 않은 사람이다.

"남편이 음모에 걸려든 거 같아요."

김선배가 계속 말하라는 듯이 민숙씨를 보고 있다.

"여직원을 성희롱 했다고 갑자기 출근을 못하게 하더니 해임통고가 왔어요."

왈칵 눈물이 솟구쳤다. 눈을 부릅뜨고 참아보려고 해도 멈춰지지 않았다. 민숙의 음성이 가볍게 떨렸다.

"대체 무슨 성희롱을 했는지 어디서 어떻게 했는지에 대해서는 얘기도 없어요. 그냥 성희롱을 했다면서 해임되었어요. 받아들일 수 없다고 하니까 협력업체에 부사장 자리를 만들어 놨다고 거기로 가래요. 그냥 받아들이면 그럭저럭 살기는 하겠지만 남편이 너무 억울해요. 그 사람은 어려운 사람을 보면 그냥 지나치지 않아요. 재래시장에 갈 때면 저는 물건 많은 곳에서 좋은 걸로 고르려고 하는데 그 사람은 다 시들어가는 채소 몇 가지를 놓고 파는 할머니한테서 사도록 해요. 그뿐 아니죠. 회사에서 가끔씩 기념품 같은 걸 줘도 집에 가져오지 않아요. 우린 그런 거 없어도 살 수 있지만 용역회사에서 파견된 사람들에게는 꼭 필요한 물건일 수 있다나요. 워낙 그런 사람이라서 저도 물건에 욕심내지 않았어요. 그 사람이 공정하게 일을 하는 건 제가 너무 잘 알아요. 이건 모함이에요. 소송하려고 해도 상대는 대기업이에요. 너무 두려워요. 선배님이라면 도와주실 수 있을 거 같아서 찾아왔어요."

민숙이 가슴속에 담아뒀던 말들을 봇물처럼 쏟아내기 시작했다. 김선배는 그녀의 눈물에 당황스러운 듯 했지만 얼른 표정을 추슬렀다.

"그럼 성희롱했다는 증인이나 증거도 없이 그랬단 거지?"

"네, 없어요. 다만, 평소 행실이 마땅찮아서 남편이 좀 거리를 두던 여직원이 있는데, 걔가 우산을 씌워 달래서 같이 구내식당에 가면서 우산 쓴 걸 가지고 성희롱이래요. 그런데 성희롱 할 사람이면 구내식당 옆에 있는 매점에서 걔한테 우산을 사주면서 먼저 가라고 했겠어요?"

민숙이 부스럭 거리며 핸드백에서 서류를 꺼내어 김선배에게 건넸다. 남편의 해임통고장이다. 서류를 들여다보던 김선배가 말했다.

"해임통고를 할 거라면 그 이유가 명백해야 하는데, 이건 그냥 성희롱했다고만 되어있네. 어떤 성희롱인지, 그게 해임될만한 것인지는 알 수가 없는데?"

"맞아요. 구체적으로 밝히라고 해도 그저 성희롱이래요. 이럴 수도 있나요?"

"당연히 잘못된 거지. 나쁜 사람들 같으니라고. 정년이 얼마 남지 않은 사람을 평생 다닌 직장에서 이렇게 몰아내다니 원. 대기업이라는 데가 시장 바닥 좌판도 아니고 주먹구구식으로 일처리를 했구만. 한심스럽지만 요즘 이런 식으로 사람을 몰아내는 일이 많아. 말이 안 되는 일이지만."

"소송하면 이길 수 있을까요? 성희롱이라는 게 코에 걸면 코걸이, 귀에 걸면 귀걸이라는데 어쩌면 좋을지 모르겠어요."

"자세한 것은 민숙씨 남편하고 얘기해 봐야겠지만, 지금 이것만으로는 해임사유가 상당히 미흡해 보여. 더구나 삼십 여년을 근무한 사람이면 어느 정도는 정상참작을 했을 텐데, 징벌이 너무 과하다고 볼 수 있군."

"그렇죠?"

민숙은 지푸라기라도 잡는 기분으로 김선배에게 매달리고 싶다. 김선배라면 믿을 수 있다. 민숙은 두 손을 꽉 움켜쥐고 잊고 지냈던 그녀의 신에게 기도했다. 집으로 돌아오는 버스에서도 그녀는 타인의 눈길을 의식했다. 사람들이 모두 그녀에게 손가락질을 하고 있는 것만 같다.

남편이 성희롱이래. 성희롱이래. 성희롱!

24. 가족

김부장은 가슴이 답답해서 견딜 수가 없다. 솟구치는 화가 숨을 턱 턱 막는 것 같다. 이대로 졸도해 버릴지도 모를 지경이다. 안전벨트를 풀어 버리고 도로변에 승용차를 세웠다. 열린 차창으로 매서운 꽃샘 바람이 쏟아져 들어왔다. 이월 바람에 둑이 무너진다더니 마른하늘에 날벼락이 떨어진 것이다. 숨을 크게 들이마셨다가 내뱉었다. 아무리 시간을 되돌려 생각하고 곱씹어 봐도 김이설의 태만한 근무태도를 지적했던 것뿐이다. 당연히 해야 할 일을 했을 뿐이다.

아내가 늘 그에게 들려주던 말이 있다. '칭찬을 하면 칭찬 받을 짓을 하고 비난을 하면 비난 받을 짓을 한다.'고 했다. 아내는 그가 딸들에게 좋은 얘기만 해줄 것을 원했다. 김부장의 생각을 달랐다. 잘못된 것은 제대로 알려줘야 같은 잘못을 반복하지 않을 거라는 생각이다. 그때마다 아내가 말했다.

"같은 말이라도 칭찬처럼 들리게 할 순 없나요? 그게 어려우면 먼저 잘한 걸 칭찬해주고 나서 다른 것도 잘 할 수 있을 것 같다고 말해주면 훨씬 기분이 좋지 않겠어요?"

아내의 말이 옳다는 것은 김부장도 잘 안다. 그렇지만 그의 성급한 성격은 그런 여유를 주지 않았다.

김부장은 젊은 시절에 생각지도 않았던 데모에 휩쓸렸던 적이 있다. 시작은 아주 작은 불씨만도 못했다. 저녁 퇴근길이었다. 그는 아파트 광장에 모여서 웅성거리는 수많은 사람들을 봤다. 저녁밥을 지어놓고 가족을 기다리고 있어야 할 아줌마들이다. 대체 무슨 일일까. 퇴근하던 남자들이 궁금증에 기웃거렸다. 김부장도 군중들의 끝에서 가만히 귀를 기울였다. 내용인즉 아파트 부실공사와 입주자대표의 불법행위를 규탄하는 것이다. 김부장이 보기에 주민들은 규탄만 하고 있었다. 뚜렷한 대안이나 요구사항조차 없이 그저 폭로와 한탄만 하고 있을 뿐이었다. 그가 혼자서 중얼거렸다.

"저래선 안 되지. 잘못됐으면 고쳐달라든지 관리비를 착복했으면 도로 내놓으라고 하든지 해야지."

마침 옆에 있던 아래층 아주머니가 김부장의 말을 들었다.

"맞아요. 계속 서로 떠들고만 있으면 어쩌자는 건지 모르겠어요. 이렇게 아니라 아저씨가 좀 나서 주세요."

주변에 있던 사람들이 너도나도 그를 떠밀어대더니 어느새 김부장의 손에 마이크가 들려져 있었다. 그때만 해도 젊었다. 그는 정의감에 불타서 열변을 토했다. 그렇게 시작했던 데모는 그해 가을을 보내고 겨울에 접어들어서야 끝났다. 그리고 그는 어느새 아파트 주민들 사이에서 영웅이 되어 있었다. 그 무렵 지방자치 선거가 시작되었다. 사람들은 김부장에게 지방의회 선거에 나서라고 부추겼다. 아내가 설레설레 고개를 흔들었다. 그가 졸지에 데모대의 선봉에 서게 되자 아내의 고생도 이만저만 아니었다. 때 아닌 경찰서에 불려가서 조사받지를 않나, 시도 때도 없이 찾아오는 주민들로 인해서 집안은 늘 시끌벅적 소란스러웠다. 그들 가족은 조용했던 생활이 그리웠다. 협상이 마무리되었을 때 그가 아내에게 말했다.

"이제는 옆집에서 불이 나도 모른 채 살자."

그랬다. 김부장은 자신이 내뱉었던 말을 지켰다. 그는 묵묵히 회사일과 가정에 충실했다.

몸조심하며 최선을 다해 살았지만 지금 이 순간, 김부장은 수치심과 패배감으로 얼룩진 영혼을 감싸 쥔 채 갈피를 못 잡고 있다.

어디를 가나 자신만을 바라보고 있는 가족들의 얼굴이 그림자처럼 따라붙었다. 아내는 봉사활동에 열심이었다. 하긴 강의도 재능기부로 하는 곳이 더 많다고 하니 그 수입이야 오죽할까. 기껏 제 용돈이나 벌면 다행이다. 두 딸도 걱정이다. 큰 애는 대학을 졸업하고 이 년가량 다니던 직장을 그만두고 올해 대학원에 들어갔다. 자기가 벌어서 다닌다고 했지만 그 속내는 부모를 믿고 있을 거다. 둘째는 이제 겨우 대학 4학년이다. 김부장은 아직까지 자립하지 못하고 있는 딸들을 생각하니 가슴이 더욱 답답해졌다.

25. 이름 모를 새

평일의 생태공원 주차장은 한적하다. 가끔씩 아내와 함께 산책하러 오던 곳이다. 그때는 호젓한 갈대밭이 운치 있어 좋았다. 마치 연애시절로 되돌아간 듯 했다. 호주머니에 손을 넣고 걷던 김부장의 팔을 아내가 잡았다. 지금, 사람들의 눈을 피해 혼자 걷는 이 길은 너무 외롭다. 그때는 아름답게 보였던 갈대밭도 황량하기 그지없다. 갈대숲 어딘가에서 이름 모를 새가 처량하게 울고 있다. 마치 갈데없이 아득한 김부장의 심정을 알고 있다는 듯이.

아내의 소개로 변호사를 만나고 오는 길이다. 물론 이전에도 아내를 통해서 어떤 사람인지는 알고 있었다. 그때는 아내의 대학 선배라는 변호사에게 관심이 없었다. 설마 변호사를 만나서 해결해야 할 문제가 자신에게 발생할 거라고는 꿈도 꾸지 않았기 때문이다. 사람의 일이란 한치 앞도 모를 일이다.

김변호사는 키가 작고 체구도 아담했다. 혈색도 창백한 편이다. 김부장은 내심 실망스러웠다. 저렇게 연약해 보이는데 과연 대기업을 상대로 이길 수 있을까. 김부장은 처음 보는 변호사 앞에서 자신의 억울함을 말해야 하는 것에도 자존심이 상했다. 다행히 아내에게 전해 들었다며 김변호사가 먼저 얘기를 꺼냈다. 그의 친구도 은행에서 억울하게 해고되었다가 결국 재판을 통해서 복직되었다고 했다. 최근 들어 대기업의 횡포는 그 수법이 다양해서 일일이 말하기도 어렵다고 했다. 겉으로 보여지는 체구와는 달리 김변호사가 강직한 소신을 갖고 있다는 것에 김부장은 위안을 받았다. 시선을 외면하고 있던 그가 고개를 돌리자 눈이 마주 쳤다. 변호사의 눈빛이 어린아이처럼 맑았다.

아! 이런 사람도 있구나. 지금까지 만났던 사람들에게서는 전혀 보지 못했던 눈빛이다. 그 순간, 김부장은 김변호사를 무조건 믿기로 했다. 아내가 말하길 시간이 흐를수록 존경스러운 선배라고 했다. 처음 그 말을 들을 때는 요즘 세상에 웃기는 얘기라고 생각했다. 아내의 말은 사실이었다.

"이런 일로 뵙게 되어 부끄럽습니다."

"참 안타깝습니다. 배신하는 사람들이 문제지요. 아무리 배려해주고 도움을 줘도 언제 어떻게 변할지 알 수없는 게 사람의 마음이죠."

"지저분하고 곤란한 사건을 드려서 죄송합니다."

"저도 사람이고 승률도 생각해야 하는 변호사입니다. 충분히 승산이 있다고 생각하니까 하겠다는 거지요. 그러니까 그런 생각하지 마세요. 간혹 몰지각한 남자들도 있으니 그들로부터 여성들의 자기보호 권리가 지켜져야 하는 것은 중요해요. 그렇지만 삼십 여년을 근무한 회사에서 사람을 몰아내려고 이런 어처구니없는 방법을 사용하는 것도 그대로 둬서는 안 되는 일이죠. 이거야 원, 이런 식이면 대한민국에서 성희롱으로 안 걸릴 사람은 아무도 없어요. 제 경우도 허구한 날 걸리겠는데요."

김변호사가 확신에 찬 어조로 말했지만 김부장은 그 몰지각한 남자들 속에 끼어버린 것 같아서 부끄럽다.

변호사 사무실을 나와서 무작정 차를 몰고 다니다보니 생태공원이다. 저 갈대숲에서 울고 있는 이름 모를 새처럼 그도 몸을 숨기고 싶다. 누구의 눈에도 띄지 않는 곳에서 통곡하고 싶다. 자꾸만 작아지는 자신을 숨길 곳은 어디에 있을까. 단 하루도 게으름 피우지 않았다. 아무리 추운 겨울날에도, 전날의 회식으로 지독한 두통이 머리를 쪼아대도, 지각이나 결근 같은 것은 결코 있을 수 없었다. 그 결과가 추한 누명을 쓰고 해임통고를 받았다. 삼십여 년 동안 가족의 평안만을 생각했다. 어깨가 너무 무겁다. 이제는 가족이란 굴레를 훌훌 벗어던지고 자유롭고 싶다. 그가 이대로 사라진다면 가족들은 어떻게 되는 걸까. 마음 한 구석에서 자꾸만 소곤거리는 음성이 있다. 그동안 충분히 했다고. 그만 됐다고.

서해바다에서 몰려오는 습한 바람에 갈대숲이 서러운 울음소리를 냈다. 김부장은 갈대숲에 널브러져서 어두워지는 하늘을 보며 꺼이꺼이 울분을 토해냈다. 육신은 물론 영혼조차 흠뻑 젖었다. 이대로 주저앉을 수는 없는데 몸은 움직이기조차 어렵다.

26. 고속도로

도로가 혼잡하다. 대체 무슨 일일까? 제3경인고속도로가 개통되고 나서 강남 본사에서 인천출장소까지 사십 여분이면 도착할 수 있는 거리가 되었다. 본사에서 출발한 지 한 시간이 넘었는데 이제 겨우 물왕 톨게이트가 저만치 앞에 보인다. 초여름의 강렬한 햇살이 자동차 보닛을 달궜다. 더불어 승용차 내부의 온도도 거침없이 상승했다.

박과장이 양복 상의를 벗어서 뒷좌석에 던지며 내뱉었다.

"이러고도 비싼 통행료를 받아? 에이, 한심한 것들."

차가 거북이걸음으로 톨게이트에 진입했다. 피켓을 들고 농성중인 사람들이 도로를 점거하고 있다. 뭐지? 피켓에 쓰여 있는 글은 '정원개발은 직원들의 고용보장을 약속하고 물가상승률을 반영한 임금을 지급하라'.

"놀고들 있네. 주인이 바뀌었는데 새 주인이 나가라면 나가야지, 생떼 쓴다고 누가 봐주나."

박과장은 혼잣말을 하며 톨게이트를 빠져나갔지만 그를 기다리는 건 겨우 한 차선만 남겨 놓고 고속도로를 점령하고 있는 시위대들이다. 피켓을 들고 서 있는 사람도 있지만 개중에는 고속도로 한 가운데 벌렁 누워있는 사람도 있다. '도급업체 정원개발은 일방적인 계약해지를 철회하라'는 문구도 보였다.

일방적인 계약해지라. 지금 박과장이 인천에 가서 하려는 일도 그 것과 비슷할 거다. 물론, 인사위원회를 열었으니 기본적인 형식은 갖춘 거나 마찬가지다. 이럴 때 쓰는 말이 토사구팽이지 싶다. 생각해보면 안된 일이기도 하다. 그룹에서 글로넷이라는 물류회사를 만들어서 각 자회사에서 근무하던 부장들을 불러 모은 지 일 년이 지났다. 직원들은 모그룹의 직원들로 채웠다. 부장들의 물류 노하우는 지난 일 년 동안 충분히 얻어냈다. 이제 쓸모없이 연봉만 축내는 그들을 제거할 순서다. 그 첫 번째 타켓이 인천출장소의 김부장이다. 그동안 그룹 감사팀을 보내서 샅샅이 파헤쳤지만 비리나 부정을 했다는 증거를 찾을 수 없었다. 그렇지만 이번엔 문제가 다르다. 제 아무리 깨끗한 척 해봤자 빠져나갈 길이 없을 거다. 이제 시작이다. 한 명씩 한 명씩 시간차를 두고 차례대로 제거할 것이다.

A그룹이 중공업을 인수했을 때 많은 사람들이 놀라워했다. 그건 마치 2차 세계대전을 일으켰던 일본이 조선은 물론 거대한 중국대륙까지 삼켰던 것과 마찬가지다. 직원들에 대한 복지혜택도 기존의 A그룹과 중공업은 많은 차이가 났다. 가족들에 대한 의료혜택 같은 건 A그룹 직원들은 꿈도 꾸지 못했던 일이다. 그 뿐이 아니다. 같은 그룹이 되었어도 이미 기존 A그룹 직원과 중공업의 연봉은 너무 차이가 났다, 소위 점령군이나 마찬가진데 그들보다 못한 연봉이라니. 같은 회사에서 근무하다 보니 염장 터질 일이다.

마침, 인사부의 이전무와 친하게 지내는 중공업의 최상무가 제보했다. 여직원들을 대하는 김부장의 태도가 수상하다는 내용이다. 여직원이라면 민감한 문제다. 게다가 이 나라에 처음으로 여자 대통령이 취임하고부터 성과 관련된 사건은 진위 여부와 상관없이 여성에게 유리한 쪽으로 기울고 있다.

어차피 귀에 걸면 귀걸이, 코에 걸면 코걸이가 되는 게 성희롱이다. 설마, 지난 일 년 동안 여직원들과 저녁회식도 하지 않고 지내진 않았을 거다. 회식 다음 순서로 노래방에 가는 건 당연하다. 털어서 먼지 안 나는 인간이 없다는데 대체 어찌된 인간인지 몇 달 전의 그룹 감사 때도 김부장의 비리를 찾아내지 못했다. 이번에는 다를 거다. 평소 김부장의 건방진 태도로 볼 때 어디선가 실수라는 구멍이 있을 거라고 생각했다. 처음엔 인사위원회에 회부하는 것만으로도 창피해서 스스로 물러날 줄 알았다. 해임처분 통지만으로 마무리되는 줄 알았다. 게다가 그냥 그만두라는 것도 아니고 협력업체 부사장 자리까지 제안했으니 충분했다. 까짓 거 한 일 년쯤 자리에 앉혔다가 퇴직시키면 그만이다. 그런데 재수 없게 일이 꼬이고 있다. 감히 회사를 상대로 김부장이 해임무효소송을 낼 거라는 건 누구도 예측하지 못했다.

진실 같은 건 필요 없다. 이번 일을 잘 처리하고 나면 이전무가 그냥 있진 않을 거다. 내년 승진은 따 놓은 당상이다.

시위대를 벗어나고 나니 도로가 뻥 뚫려 있다. 이제 곧 인천출장소에 도착할 거다. 박과장의 머릿속에서 새롭게 짜 맞춰야 할 시나리오가 파노라마처럼 흐르고 있었다.

27. 조작

"대체 뭘 말하라는 건지 구체적으로 말씀해주세요."

박지선이다. 그녀는 무슨 말인지 이해를 못했다.

"다시 말하자면, 그동안 김부장님하고 있었던 일을 말하라는 거지. 어떤 일이든지 좋아. 같이 있던 일도 좋고, 아니면 개인적인 대화를 했던지, 뭐든지 접촉했던 일이 있으면 그걸 얘기하라는 거야."

여직원들이 망설이고 있자 또다시 설명하며 박과장이 한 명씩 둘러봤다. 박지선은 눈만 멀뚱멀뚱 뜬 채 아직도 상황파악을 못하는 표정이다. 천경은은 고개를 푹 수그리고 있다. 유독 생글거리고 있던 김이설이 나섰다.

"저는 작년 입사하려고 서울에 면접 보러 다녀갔을 때 부장님하고 둘이서 호프집에 갔어요."

"그래? 호프집 가서 뭐 했는데?"

"그냥 맥주 마시고 그날 면접본 거 얘기하고 회사 일 얘기했던 거 같아요."

"아니 김이설씨, 그렇게 말하면 어떡해. 술 마시면서 손을 잡았다거나 그런 얘길 해야지."

"글쎄요, 손잡은 기억은 없는데요. 맞은편에 앉아서 마셨거든요."

"알았어. 그건 나중에 다시 생각해보자고. 또 있으면 말해봐."

"우산 쓴 건 지난번에 말했잖아요."

"다른 사람은?"

박과장이 다른 여직원들을 둘러보며 말했다. 그제야 상황파악이 됐는지 박지선이 입술에 침을 바르며 말했다.

"저는 따로 있었던 적은 없고, 거래처에 갔다가 거기 직원들하고 점심 먹고 저만 먼저 회사로 들어온 적 있어요."

"그래? 그럼 그때 부장님은 왜 같이 안 들어왔지?"

"제가 밥 먹고 옆에 앉아있으니까 부장님이 저한테 먼저 들어가랬어요. 부장님은 남아서 그쪽 직원들하고 말씀 나누고 계셨어요."

"또?"

"글쎄요."

박지선이 골똘히 생각하는 표정으로 있자 김이설이 나섰다.

"전에 부장님이 언니 집 주소 물어본 적 있잖아."

"응? 그건 직원들 주소 정리한다고 이사한 집 주소 물어본 건데."

"그래? 지선씨네 이사한 집 주소를 물어봤다고? 찾아간 적은 없어?"

박과장이 다시 묻자 박지선의 얼굴이 벌겋게 달아오르며 고개까지 절레절레 흔들었다.

"아니요, 그런 적은 없어요."

김이설이 여전히 고개를 숙이고 있는 천경은을 가리키며 말했다.

"경은 언니는 부장님하고 친하니까 전화도 자주 했을 거 같은데?"

"나? 아니 아니야. 그런 적 별로 없어."

"별로 없다는 건 있긴 있다는 거네. 뭔지 말해 봐."

박과장의 채근에 천경은이 쭈뼛거리며 말했다.

"전에 결산이 잘못된 거 같아서 주말에 혼자 출근해서 일한 적이 있어요. 그런데 진짜로 계산이 잘못된 게 있어서 고치고나서 부장님께 보고하느라고 전화했어요."

"그런 거 말고 또 없어?"

"저기…, 한 번은 퇴근해서 집에 있는데 전화를 하셨어요. 서울 출장 가셨다가 내려오는 중이시라고."

"그래? 몇 시쯤인데?"

"퇴근하고 곧바로 집에 갔으니까 아마 여덟시쯤 일거예요."

"그래서 나갔어?"

"아니요, 중공업의 신차장님하고 택시 타고 오시는 중이라고 했어요. 그동안 신차장님 하고는 전화로만 업무를 했었거든요. 그분 집이 저희 동네니까 나올 수 있으면 저희 집 근처로 오겠다며 호프집 같은데서 얼굴도 보고 인사하라고 했어요. 그런데 그날은 식구들이 다 모여서 밥 먹는 날이어서 곤란하다고 했더니 부장님이 그럼 됐다고 했어요. 그게 다예요."

"부장님 목소리가 술 취한 것 같진 않고?"

"아니요. 서울에서 내려오시면서 술 드시고 오기에는 시간이 너무 일렀어요. 취한 것 같지도 않고."

"천경은씨, 잘 생각해보고 제대로 말해야 돼. 이 사무실을 청소하던 아줌마가 천경은씨 엄마라고 했지? 지금 다니는 곳은 잘 다니시나? 천경은씨 집안 형편이 이젠 괜찮은가 봐."

박과장이 한 마디 한 마디에 힘을 주며 말하자 김이설도 옆에서 이죽거렸다. 천경은의 안색이 더욱 어두워졌다.

"저, 한번은 아침에 출근해서 설거지 하려고 쟁반에 커피 잔이랑 들고 나가다가 부장님하고 문에서 부딪쳤어요. 제가 깜짝 놀라서 쟁반을 떨어뜨릴 뻔 했어요. 부장님이 괜찮냐고 하면서 제 머리를 쓰다듬었어요."

"그래? 머리를 만졌단 말이지? 그때 어떤 기분이었지?"

"그냥 당황했던 것 밖에는."

계속되는 박과장의 추궁에 천경은의 목소리가 점점 작아지고 있었다.

"글쎄요. 그냥 좀…… 부끄러웠어요."

"부끄러웠다…… 음 그럴 수 있지. 나이든 상사가 어린 아가씨 몸에 손을 댔으니 당연히 부끄럽고 창피했을 거야. 그렇지?"

박과장이 다그치듯이 천경은에게 재차 물었다. 천경은은 겁에 질린 눈빛으로 고개를 끄덕거렸다.

"그렇지만, 머리만 쓰다듬었는데……."

우물거리는 천경은의 말은 아무도 귀담아 듣지 않았다.

"자, 그럼 우리 정리해봅시다."

28. 사람이 그립다

일요일이다. 밤새 잠들지 못하고 뜬눈으로 지새웠더니 눈이 뻑뻑하다. 시야가 흐릿하고 사물이 제대로 보이지 않는다. 눈을 감고 누워있어도 머릿속은 뒤죽박죽이다.

옆에 누워있던 아내가 살그머니 일어나서 거실로 나갔다. 아마 그가 잠들었다고 생각하는 모양이다. 아내는 일요일이면 김부장의 아침상을 차려놓고 일찌감치 교회에 갔다. 일요일 첫 예배 때 성가대에 선다고 했다. 그날 부를 찬송가를 연습해야 하기 때문에 남들보다 한 시간을 먼저 갔다.

십여 년 전까지는 김부장도 아내와 함께 주일 예배에 참석하곤 했다. 그는 하나님을 믿기보다는 그저 목사님의 설교가 듣기 좋았다. 매우 수준 높은 강의를 듣는 기분이었다. 일요일에 늦잠을 자고 나서 늦은 아침식사를 하고 아내와 함께 교회에 가는 것도 괜찮았다. 그러던 그들 부부가 언제부터인지 제각기 일요일을 따로 보냈다. 차장이 되고 부장으로 승진하면서 그의 일정은 더욱 바빠졌다. 가족들과 지내는 시간은 아주 짧았다. 새벽 출근과 늦은 귀가 뿐만 아니라 일요일까지 출근하면서 가정을 잠시 머물다 가는 곳으로 만들었지만 그런 것쯤은 당연한 것으로 여겨졌다.

아내는 그가 일어나기도 전에 아침상을 차려놓고 혼자 교회로 갔다. 주일학교 교사를 맡아서 어쩔 수 없다고 했다. 어쩌다 출근하지 않는 날에도 김부장은 혼자서 교회에 가는 것이 어색했다. 그는 자꾸 핑계를 만들었다. 회사에 일이 남아서 또는 결혼식이 있어서 등.

때마침 교회가 이사를 했다. 김부장이 차장으로 진급했을 무렵이다. 성도들은 자꾸 늘어나는데 건물은 비좁고 주차장이 부족하기 때문이라고 했다. 큰 길 건너에 주차장 넓은 건물이 매물로 나왔다. 건축헌금을 하려고 적금을 드는 사람들도 있었다. 결코 가세가 넉넉한 사람들이 아니었다. 김부장은 그들을 이해할 수 없었다.

김부장은 교회로 가던 발길을 끊었다. 아내가 그의 눈치를 보며 교회에 머무는 시간을 줄이기 시작했다. 최근 몇 년 동안은 주일예배만 드리고 곧바로 집에 돌아왔다.

또다시 아내가 성가대에 선다며 아침 일찍 교회에 나가기 시작한 것이 올해 들어서다. 아무리 시간이 지나도 김부장이 함께 가지 않는 것에 지친 것이다. 아내는 일찍 일어났고 나가기 전에 김부장의 아침 밥상을 꼭 준비해 놓았기 때문에 그도 달리 할 말이 없었다.

김부장은 딸들을 생각하면 가슴이 뿌듯했다. 딸애들은 잘 자라줬다. 주위에서 자식을 지방대학 보내고 한숨짓고 있을 때, 김부장의 딸들은 서울에서도 괜찮다는 대학에 들어갔다. 유치부 때부터 계속 교회학교를 다닌 딸들은 성격이 원만하고 사회성이 좋아서 교우관계도 활발하다. 그는 딸애들을 잘 키웠듯이 가정도 열심히 일해서 일궈놓

왔다. 정년퇴직까지 아무 문제가 없을 줄 알았다. 열심히 살아온 만큼 퇴직 후에도 그에게 손짓하는 일자리가 충분할 거라고 믿었다.

김부장은 그에게 닥친 해임이라는 것이 아직도 실감나지 않는다. 뭔가 잘못된 것이다. 잘못돼도 한참 잘못되었다. 누구를 잡고 얘기할 수 있을까. 아무리 머리를 쥐어짜도 해답이 나오지 않는다. 그를 아껴주던 김 선배는 올해 초 인사발령에서 그룹 내 다른 회사의 대표가 되었다. 이제 남아있는 글로넷 사람들은 모두 이전부터 A그룹의 사람들이다. 그냥 A중공업에서 버티고 있었으면 이런 어처구니없는 일은 당하지 않았을 거다. 김부장은 한 치 앞도 보지 못한 자신이 부끄럽다.

거실에 불이 환하다. 아내가 화장품 바구니를 들고 거실에서 화장을 하고 있다. 언제부터인지 아내는 안방 화장대를 사용하지 않고 화장품바구니를 끼고 다녔다. 그의 잠을 깨우지 않으려는 배려일 거다.

"일어났어요? 입맛 없을 거 같아서 누룽지 끓이려고요."

부엌 가스렌지 위에서 물이 끓고 있다.

"응, 그게 좋겠군."

아내가 힐끔 김부장을 살폈다.

"당신, 심심할 텐데 나랑 같이 교회 갈래요?"

"내가 무슨…"

아내의 말에 그는 찔끔 했다. 생각지도 못했다. 교회라! 거기 가면 사람을 만나겠구나. 그는 사람이 그리웠다. 매스컴에서 성희롱이니

성추행이니 떠들 때마다 미친놈들이라고 생각했다. 정상적인 사람이 할 행동이 아니라고 생각했다. 지금 그 자신이 그 미친놈들 중의 한 명이 되어 낙인찍히고 있다. 처음엔 당황했다. 정신을 차려보니 창피했다. 지난 두 달 동안 그가 만난 사람이 몇 명이더라. 그는 사람을 만나는 것이 두렵다. 이제 그 누구도 믿을 수가 없다. 교회에 간다고 별 수가 있으랴.

늘 수많은 사람들 속에서 지냈던 김부장이다. A중공업은 공장 직원들만도 수천 명이다. 게다가 협력업체 직원들도 만만치 않다. 출고장에 나가면 각 물류회사에서 온 직원들뿐만 아니라 화물차 운전기사까지 바글바글 했다. 그가 없으면 안 될 것처럼 수많은 사람들이 그를 찾아댔다. 온갖 냄새가 그들 속에 섞여서 떠다녔지만 김부장은 그들에게서 나는 오일 냄새조차 그립다. 그가 부재중임에도 회사는 여전히 돌아가고 있다.

29. 많이 그리울 거야

통근버스에서 내린 김이설의 발길이 새로 생긴 마트로 향했다. 입구에서 백 원짜리 동전을 넣고 카트를 챙겼다. 그녀는 신선한 유기농 채소 코너에서 양상추와 브로콜리를 고르고 소스도 골랐다. 과일도 냉장실에 진열되어 먹음직스럽게 보이는 걸로 꺼냈다. 잔뜩 쌓아놓고 골라가라는 저급한 품질은 이제 안녕이다. 정육 코너에서 투플러스 등급의 최고급 꽃등심도 샀다. 항상 마트가 문 닫기 전에 떨이 상품을 사야 했던 그녀였지만 지금은 하늘의 양탄자라도 타고 있는 것처럼 기분이 상승되고 있다. 까짓 신분상승이 별거 아니라는 생각이 들었다. 사고 싶은 거, 먹고 싶은 걸 가격에 구애받지 않고 최고로 좋은 품질을 살 수 있다는 거, 그것만으로도 김이설은 행복했다.

마지막으로 그녀가 들른 곳은 와인 판매장이다. 김이설은 와인을 모른다. 늘 최상무가 골랐다. 최상무는 시음할 때마다 눈을 지그시 감고 음미했다. 산도와 부드러운 탄닌의 조화가 부드럽게 입안을 감싼다는 둥, 깊고 그윽한 향이 일품이라는 둥 했지만 김이설은 그저 달콤하면 좋았다. 그녀가 프랑스산을 원했다. 직원이 샤또 사미옹이라는 와인을 추천했다. 오크통에서 12개월 이상을 숙성한 것이라며 보르도 와인을 대표하는 거라고 했다. 좀 비싼 편이지만 어차피 오늘 장을 본 것은 최상무가 지불해줄 거다.

새로 지은 오피스텔은 쾌적하다. 냉난방도 버튼 하나만 누르면 된다. 쓰레기를 버려야 하는 수고도 없다. 음식물 찌꺼기는 싱크대 밑에서 자동으로 갈아서 발효되고 하수도로 흘러갔다. 청소기 호스를 주입구에 연결만 하면 먼지도 어디론가 사라진다. 이 보다 더 좋을 순 없다. 지은 지 이십 년도 훨씬 지난 빌라의 지하방에서 지긋지긋한 곰팡이 냄새를 맡으며 지내는 엄마랑 남동생을 생각하면 마음이 편치만은 않다. 그렇다고 침몰하는 배에 함께 올라앉아 있을 생각은 눈곱만큼도 없다. 김이설은 한 쪽 눈을 꼭 감은 채 가슴도 반쪽만 열어놓고 살기로 작정했다. 오피스텔 계약금을 주면서 최상무가 말했다. 생활비는 충분히 줄 테니 일주일에 한 번은 꼭 기다리고 있으라고.

김이설이 오피스텔에서 지낸 지 여러 달 가량 지났다. 김부장이 해고당한 직후였다. 매번 호텔에서의 만남이 최상무에게는 신경 쓰였던 모양이다. 시내에서 뚝 떨어진 곳에 위치한 오피스텔은 쾌적했다. 아직은 교통이 매우 불편하지만 시흥의 오이도역과 연결하는 지하철 공사가 한창 진행 중이다. 저 공사만 끝나면 이 근처도 꽤 괜찮을 것 같다.

최상무네 집은 안양이다. 그는 고속도로를 이용해서 출퇴근하면서 일주일에 한 번씩 퇴근길에 오피스텔에서 지냈다. 물론 그의 집에서는 회의나 야근을 하는 것으로 알고 있다.

김이설은 콧노래를 흥얼거리며 요리를 했다. 야채를 씻어 놓고 스마트폰을 켰다. 스테이크 굽는 요령을 찾으니 누군가 줄줄이 올려놓은 글들이 넘쳐난다. 까짓것 배운 적은 없어도 스마트폰만 있으면 된다. 사람들은 자기가 아는 별것도 아닌 정보를 잘난 척 떠벌린다고 생각하며 그녀가 피식 웃었다. 그 별것도 아닌 정보를 자기 자신이 아주 유용하게 사용하고 있기 때문이다.

현관에서 잠금장치를 해제하는 소리가 났다. 최상무다. 김이설은 얼른 달려 나가서 최상무가 문을 열고 들어오기 무섭게 매달렸다. 두툼한 최상무의 목을 휘감은 그녀의 기다란 팔이 하얗게 빛났다. 김이설은 최상무에게 몸을 밀착해서 매달린 채 그의 입술을 찾았다. 순간 시큼하고 역한 냄새가 났지만 그가 주는 편의를 생각하면 이 정도는 참을 수 있다. 그녀의 도발에 최장군은 옷도 벗지 않고 그녀를 침대로 밀어붙였다.

"아이, 잠깐만요. 옷이나 벗고요."

최상무가 대답도 하지 않고 김이설의 원피스 자락을 걷어 올렸다. 오븐에서 꽃등심 타는 냄새가 났다.

"아이 참, 고기가 타는데…… ."

그녀가 종알거려도 최상무는 무시했다. 그가 좋아하는 그녀의 젖가슴엔 입술도 닿지 않고 귓가의 속삭임도 없다. 김이설의 말려 올라간 원피스 자락이 가슴에 걸려있다. 불편하기 짝이 없는 자세다. 최상무는 그런 그녀가 안중에도 없다. 다른 날과 다르다. 그녀의 젖가슴을 양손으로 움켜쥔 채 자신의 욕구를 채우기만 바쁘다. 아주 짧은 시간에 사정까지 마친 그는 처참하게 구겨지고 헝클어진 김이슬을 외면한 채 곧 바로 화장실로 향했다.

기분이 개떡이다. 김이설은 하수구가 되어버린 기분이다. 지랄. 애교 좀 떨어주려고 했더니 미친개가 날뛰는 꼴이네. 그녀는 옷매무새를 매만지고 나서 다시 주방으로 갔다. 최상무가 말끔하게 정리된 옷차림으로 욕실에서 나왔다. 그녀는 보란 듯이 시커멓게 타버린 고깃덩어리를 쓰레기통에 쏟아버렸다. 최상무는 그런 그녀를 개의치 않고 식탁에 앉았다.

"이리 와서 앉지."

"고기가 다 타버려서 샐러드 밖에 없어요."

"금방 갈 거야."

뭐지? 아직 저녁도 안 먹었다. 너무 이르다. 식사 후 다시 한 번 그녀의 몸을 탐해야 할 최상무다. 그녀가 식탁에 앉자 최상무가 꾹 다물고 있던 입을 열었다.

"당분간 만날 수 없을 거야."

"네? 지금 뭐라고 했어요?"

"앞으로 못 온다고."

처음엔 잘못 들었다고 생각했다. 최상무가 어떻게 그만 만나자는 말을 할 수 있을까. 나는? 나더러 어쩌라는 거지? 김이설은 두려웠다. 다시 곰팡내 진동하는 지하방으로 갈 수는 없다.

"갑자기 왜요?"

"김부장이 해임무효 재판을 청구했어. 혹시 우리 사이를 의심하고 뒤를 캐려고 할지도 몰라."

"네? 그 일은 끝난 거 아닌가요?"

"아무래도 잘못 건드린 거 같아. 보통은 창피해서 그만두는데 그 놈은 결백을 밝힌다나 뭐래나 하면서 소송을 제기했어. 소송하다보면 없는 것도 만들어 낼 텐데 이대로 있다가는 도리어 우리가 당할 수 있어."

"그럼 전 어떡해요?"

최상무가 잠시 그녀를 바라봤다. 이렇게 될 줄은 몰랐다. 애초에 그녀가 김부장에 대해서 자꾸 불평하지 않았으면 생기지 않았을 일이다. 그녀는 자꾸만 퇴근이 늦어진다고 불평해댔다. 일주일에 한 번 만나기로 약속했다. 김이설은 그가 기다리고 있는 줄 뻔히 알면서도 약속시간에 늦었다. 김부장이 사무실에서 붙잡고 잡일을 시키며 퇴근을 안 시킨다고도 했다. 그녀를 기다리다가 그냥 집으로 가버린 적도 여러 번이다.

보통 아가씨가 아니라는 것은 이미 알고 있었다. 다른 여직원들은 그가 관심을 보여도 모르는 척 했다. 그러나 김이설은 달랐다. 가느다란 몸의 윤곽이 뱀처럼 유연한 그녀가 노릇하게 물들인 긴 머리를 뒤로 넘길 때마다 하얀 목덜미가 유혹적이었다. 김이설이 임시 계약직으로 입사하고 일주일도 안 지났을 때였다. 찻잔을 들고 들어온 온 그녀의 엉덩이를 최상무가 슬쩍 만졌다. 움찔하던 김이설이 최상무를 향해 생끗 웃었다. 의외의 반응에 최상무가 힘을 주며 그녀의 엉덩이를 움켜쥐었다. 김이설은 피하기는커녕 기다란 손가락으로 하얀 와이셔츠에 가려진 그의 젖꼭지를 꾹 눌렀다. 이번에는 최상무가 놀랐다. 김이설의 손가락이 가슴을 누를 때 바지 속에 숨어있던 놈이 고개를 번쩍 들었다. 그녀가 방을 나가고 나서도 자리에서 일어날 수가 없었다. 그는 잔뜩 성내고 있는 그의 물건을 내려다보며 투덜거렸다. 오랜만에 임자 만난 것 같다며.

"어차피 이 오피스텔은 자네 이름으로 계약했으니 그냥 이대로 지내도 돼. 다만, 누가 묻거든 나 하고는 전혀 상관없는 걸로 해야 돼."

"저 혼자서 여기 관리비랑 생활비를 감당하긴 힘들어요."

"알았어. 그건 해줄 테니 행동 조심하고 지내."

"그럼, 회사는 계속 나가도 되는 거죠?"

"물론, 누가 묻거든 피해자라고 말을 잘 해야 돼."

"알았어요."

최상무가 서둘러 일어났다. 김이설은 아직 이별을 준비하지 않았다. 그가 이대로 등 돌리고 약속을 외면할까봐 조바심 났다. 그녀는 현관문을 열고 나가려는 최상무의 굵직한 목에 팔을 두르고 매달렸다.

"많이 그리울 거예요."

30. 진술서

재판이 시작되었다. 김부장은 변호사와 상의해서 정성껏 준비서 면을 작성했다. 회사 측에서 국내 굴지의 법무법인과 박과장이 나왔 다. 김부장이 고개를 끄덕여줬지만 박과장이 시선을 피했다. 재판은 기대했던 것과는 달랐다. 서류를 제출하고 다음 기일만 정한 채 금방 끝났다. 재판이 열리면 자신의 결백을 알아줄 거라고 기대했던 김부 장은 기운이 쑥 빠졌다.

며칠 뒤 김변호사에게서 연락이 왔다. 그는 김부장에게 회사 측의 준비서면을 복사해서 건넸다.

"부장님, 많이 힘드실 거예요. 어차피 그쪽에서는 뭐든지 만들어 내려고 할 테니까 마음 굳게 하시고 흔들리시면 안 됩니다."

대체 뭐라고 쓰여 있기에 저런 당부를 하는 걸까. 집으로 돌아오는 내내 궁금하기 짝이 없다. 그들이 했을 주장이, 서류봉투가 그의 손에 들려 있다. 그렇지만 창피해서 아무 곳에서나 열어볼 수 없다. 그가 읽어볼 글자를 다른 사람들도 모두 알고 있을 것만 같다. 집으로 돌 아오자마자 방문을 닫고 들어가서 서류를 꺼냈다. 손이 부들부들 떨 렸다. 손뿐만 아니라 심장이 쥐어짜는 것처럼 오그라졌다. 턱이 덜덜

거리며 이빨이 부딪쳤다.

진술서다. 그것도 여직원 세 명 모두의 것이다. 빼곡히 쓰인 글자를 김부장은 이해할 수 없다. 손으로 쓴 깨알 같은 글씨가 빙글빙글 돈다. 멍청한 그의 머리 위에서 글자들이 쏟아지는 것 같다.

김이설. 입사하기 전에 면접을 시키려고 김부장이 서울 본사에 그녀를 데리고 갔었다. 그날 면접을 마친 뒤 식사를 했다. 이전무와 이부장도 합석했다. 분위기는 화기애애했다. 입사가 확정된 듯하자 김이설은 한껏 들떠 있었다. 장마가 물러가지 않고 있던 후덥지근한 칠월 초엽이었다.

택시가 동암역 근처에 섰다. 김이설의 집이 그 근처라고 했다. 그대로 가면 김부장의 집은 십여 분 거리다. 택시에서 내리던 김이설이 말했다.

"부장님, 사무실이랑 언니들 얘기도 듣고 싶은데 맥주 한 잔 해요."

그렇지 않아도 목이 마르던 김부장은 집에 가자마자 냉장고에서 시원한 맥주를 꺼내 마시려던 참이다. 김이설의 말을 듣고 나자 그것도 괜찮겠다는 생각이 들었다. 입사하기 전에 사무실 분위기를 알면 서로에게 좋을 것 같았다. 사무실은 일손이 모자랄 뿐이다. 두 여직원은 성실하게 일했다.

그들은 큰길가 이층에 있는 호프집에 들어갔다. 간판이 해와달이다. 여주인은 김이설을 잘 알고 있는 듯 했다. 김이설은 카운터에 있는 여주인에게 김부장을 소개했다. A그룹에 입사하게 되었다고 자랑도 했다. 그들은 출입문 앞에 앉았다. 바로 옆에 카운터가 있었다. 김부장이 맥주 다섯 병을 시키고 안주는 김이설에게 주문하게 했다. 김이설이 오징어 튀김이랑 한치를 시켰다. 김부장은 튀김류를 좋아하지 않지만 그대로 두었다. 김이설이 다른 여직원들에 대해서 물었다. 몇 살인지, 학교는 어디까지 다녔는지 등등. 여직원들은 여상을 졸업한 그녀보다 학교도 나이도 많았다. 그녀는 금세 흥미를 잃고 자기 얘기를 했다. 엄마하고 남동생이랑 산다고 했다. 남동생이 말썽을 많이 피워서 엄마가 불쌍하다고 했다. 대기업에 입사하게 되었으니 다가오는 팔월의 엄마 생신 때 좋은 선물이 될 거라고도 했다. 김부장의 동정심이 그냥 있지 않았다. 자신의 딸들보다 어린 김이설이 가족들과 어려움을 나누려는 모습이 기특했다. 열심히 일하면 좋은 일이 있을 거라고 격려하며 엄마를 생각해서라도 열심히 살라고 했다. 지금 일하고 있는 글로넷의 여직원들은 몇 달 되지 않았지만 일을 열심히 잘하고 있다고 말해줬다.

김부장은 예전에 A중공업에서 함께 근무했던 여직원들의 얘기도 들려주었다. 여상을 졸업하고 입사했지만 야간대학을 졸업하고 지금도 A중공업에 잘 다니고 있는 그녀들의 얘기다. 김부장은 그녀들을 생각하면 언제나 가슴이 뿌듯해진다.

동생이 아파서 결근했던 민정이. 소식을 듣고 문병 갔던 김부장은 참담한 현실에 잠시 눈을 감아야 했다. 이층 침대가 양쪽 벽에 붙어 있는 단칸방에서 다섯 식구가 살고 있었다. 아버지는 안 계시고 엄마가 일을 나가고 나면 아픈 동생을 돌볼 사람이 필요하다고 했다. 김부장이 민정에게 일주일의 휴가를 주었다. 일주일 후에 회사로 돌아온 민정은 더욱 열심히 일했다. 그녀는 야간 전문대학을 졸업했고 지금은 A중공업 서울 본사에 근무하고 있다.

아빠가 택시 운전을 했던 효원이. 언젠가 월말 결산을 마치고 퇴근할 때였다. 회사 정문에서 기다리던 효원의 아버지가 야근 때마다 딸을 집까지 잘 데려다줘서 고맙다고 김부장에게 고개를 숙이며 그날만이라도 꼭 식사를 대접하고 싶다고 했다. 그날 효원 부녀와 함께 회사 근처의 청국장집에서 저녁을 먹고 소주 한 병을 나눠마셨다. 그 후로도 가끔씩 효원 부녀와 함께 식사를 했다. 효원은 서울의 명문여대를 야간으로 졸업하고 지금은 A중공업 본사에서 근무하고 있다. 몇 달 전에 만났던 효원의 아버지는 효원이가 아직도 결혼할 생각을 안 하고 있어서 속이 탄다며 호소를 했다.

김이설과 대화를 나누다보니 담배가 떨어졌다. 김부장이 카운터에 앉아있던 여주인에게 담배가 있느냐고 물었다. 여주인이 부른 웨이터에게 김부장은 담뱃값으로 만 원을 주며 말했다.

"잔돈은 심부름 값이라고 생각하게."

호프집에서 나온 시간이 열 시쯤이다. 꽤 오랫동안 김이설의 얘기를 들어준 것이다. 김부장이 계산을 했다. 만 원짜리 다섯 장이다. 이층 계단을 내려오자 마침 빈 택시가 앞에 있었다. 그들은 곧바로 헤어졌다. 그게 다였다

김이설의 진술서를 대충 요약하면 이런 내용이다.

1. 면접을 마치고 내려오는데 집안 사정도 안 좋은 널 뭘 보고 뽑았냐며 2차를 강요해서 할 수 없이 따라갔다. 새벽 1시까지 붙잡혀 있었다. 나를 여자로 보는 것 같았다. 테이블 반 이상이 맥주병으로 가득했다. 김부장이 술에 취해서 만 원을 팁이라고 줬다. 억지로 택시에 태워 보냈다. 다음날에도 또 술을 먹자고 해서 거절했다.

2. 8월 말일 경. 늦게까지 일할 때 김부장이 피자를 시켜줬다. 남은 피자를 여직원들이 나눠 가졌고, 김부장이 차에 태워서 귀가시켜 주었다. 언니들과 장대리를 차례대로 내려준 뒤에 마지막까지 남은 나에게 앞자리에 옮겨 앉으라고 강요했다. 망설이니까 내가 들고 있던 피자를 집어던졌다. 내비게이션에 집주소를 찍으라고 강요했으며, 집에 빨리 태워다주지 않고 빙빙 돌았다. 내가 집을 빨리 못 찾자 사람들이 없는 곳에 차를 세우더니 내려서 길을 물어보라고 억지를 부렸다. 두 시간이나 걸려서 집에 도착했다. 차에서 미처 내리지도 않았는데도 그냥 출발해서 사고가 날 뻔 했다. 김부장이 우리 집 주소에 집착이 심했다. 무서웠다.

3. 9월, 비가 많이 내리는 날. 점심을 먹으러 식당에 갔다. 김부장이 언니들과 어울리지 말라며 우산을 같이 쓰자고 했다. 그때 스킨십이 심했다. 뒤에서 본 언니들이 조심해야 한다고 주의를 줬다. 한 두 주 뒤에 또 다시 비가 오자 김부장이 우산을 씌워 달라고 했다. 내가 거절했다. 갖고 있던 우산을 줬는데도 억지로 씌워달라고 해서 정문까지 함께 쓰고 갔다. 스킨십이 심해서 혐오스러웠다. 언니들이 목격자이다.

4. 내가 성과 관련하여 거절하자 매일 술에 취해 사무실에 들어와서 분풀이를 했다. '접대는 업무의 연장이다'라는 말을 했다. 술집 여자 대하듯이 말했다. 언니들도 들었다.

5. 8월말, 9월초에는 나에게 '마음대로 옷을 입어도 좋다'라고 했다. 김부장이 테이블에 기대서 다리를 보거나 내 자리에 와서 직접 어깨와 팔 등을 쓰다듬었다.

천경은의 진술서.

1. 입사 한 달 정도 지났을 때, 저녁 9시~10시 사이에 김부장이 전화했다. 서울에서 내려오는 중이라고 했다. 나한테 어느 동네 사느냐고 물어보더니 A중공업 담당자와 함께 오는 중이라며 맥주집을 알아보라고 했다. 나는 아버지가 못 나가게 한다는 핑계를 들어서 참석하지 않았다. 다음날 김부장이 '아빠가 회사 그만두라면 그만둘래?' 하더니 '접대도 업무의 연장이다'라고 말하더니 퇴근했다.

2. 입사 2주 정도 되었을 때, 컵을 씻으러 가려고 문을 열다가 출근하는 김부장과 마주쳤는데 김부장이 머리를 쓰다듬었다. 기분이 나빴다.

3. 입사한 지 10개월이 다 되어 가는데 김부장과 술자리(회식)을 가져본 것은 단 두 번뿐이다. 김부장은 술을 마시면 여사원을 집에 보내주지 않기 때문에 술자리를 포함한 회식에 참석하지 않았다.

4. 한 번은 마감업무를 마치고 집에서 쉬고 있는데 장대리가 전화했다. 내용은 '김이설 씨가 집에 잘 들어갔는지 확인해 달라'고 했다.

장대리가 김부장 차에서 내린 뒤에 김이설이 앞자리로 옮겨 탔는데 걱정이 된다고 했다.

박지선의 진술서.

1. 2011년 3월, 서울에서 물류회의 후 회식했다. 김부장이 술자리에서 집에 못 가게 했다.

2. 4월 초, 야근하던 중에 김부장이 전화로 장대리 천경은과 함께 회식자리에 불렀다. 그곳에서 김부장이 A중공업 사람들과 식사하고 있었다. 그들이 가고 나서도 계속 술을 마셨다. 12시 넘어서 귀가했다.

3. 8월경. 김부장이 업체와 점심식사하면서 술에 취했다. 업체 사람은 과장만 남고 모두 갔는데 나를 못 가게 했다. 3시간이나 잡혀있었다.

4. 7월경. 운송사고가 있어서 바쁜데도 김부장이 출근하지 않고, 1시쯤 회의소집을 전화로 지시했다. 술에 취한 말투였다. 회의 시간에도 늦었다. 4시경에 출근했는데 만취상태였다. 사무실에 여직원들밖에 없어서 무서웠다. 30분 뒤 협력업체 이사님이 와서 김부장을 집에 데려다 주었다.

5. 김부장은 업무가 없어도 시간외 근무를 강요했다. 여직원들에게 돌아가면서 6시까지 근무하라고 지시했다. 내가 혼자서 당번일 때 김부장이 다른 여직원을 험담했다. 다른 여직원들에게도 나를 나쁘게 말했다고 한다.

6. 입사 후에 이메일로 집주소를 적어서 보내라고 했다. 3달 후, 이사를 했는데 그때도 집주소를 몇 번이나 요청해서 줄 수밖에 없었다.

7. 입사 초기에 내 자리에 와서 얼굴 바로 옆에서 말했다. 의도적으로 가까이 하는 것 같아서 가벼운 스킨십도 불쾌했다. 내가 안 좋은 내색을 했더니 다음부터는 하지 않았다. 천경은이 입사했을 때도 똑같이 행동했다. 김이설이 입사 후에도 똑같은 스킨십을 시도했다.

31. 판사

판사실에서 연락이 왔다. 원고와 피고, 양측 모두 나오라는 것이다. 김부장은 변호사와 함께 갔다. 그들이 들어갔을 때 판사는 책상에 앉아서 뭔가를 쓰고 있다가 회의용 테이블을 가리켰다. 조금 후에 노크 소리가 나더니 박과장이 변호사와 함께 들어왔다. 판사는 고개도 들지 않은 채 나지막한 음성으로 말했다.

"양측 잠시만 기다려주세요"

피고 측 변호사가 불그죽죽한 얼굴로 눈알을 굴리며 주위를 둘러봤다. 그 옆에서 박과장이 시선을 돌린 채 무표정하게 앉았다.

이윽고 판사가 하던 일을 마치고 그들이 앉아있는 테이블 머리에 앉았다. 판사가 그들을 차례로 둘러봤다.

"양측의 준비서면을 모두 읽어보았어요. 지금처럼 진행하면 시일이 꽤 걸릴 거 같아서 웬만하면 서로 합의했으면 해서 불렀습니다. 원고는 사실무근이라며 진술서를 쓴 여직원들을 증인으로 소환하겠다고 하는데 피고측 의향을 들어보고 싶어요. 사실 저희가 맡은 소송 건수가 워낙에 많거든요, 웬만하면 합의하셨으면 싶습니다만 어떻습니까? 계속 진행할까요?"

"그거야 말하나마나지. 이런 형편없는 사람은 해고해야 하는 것이 당연합니다."

피고 측 변호사가 큰소리로 말했다.

김부장은 졸지에 피고 측 변호사로부터 형편없는 사람이라는 혹평을 들었다. 김부장의 안색이 파랗게 질렸다. 옆에서 김변호사가 그의 무릎을 지그시 눌렀다.

그때 판사가 피고 측 변호사를 돌아보며 말했다.

"여기 귀먹은 사람 없습니다. 좀 조용히 말씀하세요."

판사의 지적에도 불구하고 피고 측 변호사는 또 다시 큰소리로 말했다.

"우린 법무법인 법마을에서 왔습니다."

"알고 있습니다. 조용히 말씀하셔도 알아듣습니다."

피고 측 변호사가 언짢은 안색으로 툴툴 거렸지만 판사는 별다른 관심을 보이지 않고 말했다.

"어쨌든 증인을 세우든 뭘 하든 맘대로 하라 하십쇼. 우리는 당연히 해고를 주장합니다."

피고 측 변호사의 말투가 묘하게 비틀린 억양이다.

"알겠습니다. 그럼 재판은 속개됩니다."

그들 모두 판사실을 나와서 엘리베이터 앞에 섰다. 김부장은 가슴속에서 치밀어 오르는 감정을 더 이상 참지 못하고 박과장에게 내뱉었다.

"자네, 이렇게까지 나를 몰염치한 인간으로 만드는 이유가 뭐요? 월급쟁이는 회사가 시키는 대로 일을 한다지만 이건 너무한 짓 아닌가?"

"법정에서 뵙겠습니다."

박과장은 무표정한 얼굴로 고개만 까딱이더니 엘리베이터에 올랐다. 그 옆에서 법마을이 입을 삐죽거리며 킁킁 댔다. 킁킁 거리는 건 법마을의 습관인 모양이다. 옆에 있던 김변호사가 김부장의 옷깃을 살짝 당기며 비상구로 이끌었다. 그만하라는 몸짓이다. 피고 측과 같은 엘리베이터에서 같은 공기를 마시며 숨을 쉬어야 한다는 건 김부장에게 엄청난 참을성을 요구할 것이다.

"흥분하면 이 재판에서 지게 됩니다."

김부장은 눈을 감고 숨을 크게 들이마셨다. 그들은 밖으로 나와서 천천히 주차장 쪽으로 걸어갔다. 그때 법원 모퉁이에서 법마을과 박과장이 귀엣말로 속삭이고 있다.

그들을 바라보는 김부장의 안색이 찌푸려졌다.

김변호사가 법원 화단에 피어있는 빨간 장미꽃으로 시선을 돌리며 말했다.

"잘 참으셨어요. 저 사람들과 대화할 생각은 하지 마세요. 흥분하면 되려 불리해져요. 어차피 증인을 부르면 법정에서 밝혀야 할 테니까요."

"증인석에 세우기 전에 여직원들을 얼마나 교육시킬지 뻔히 보이네요."

"너무 염려 마세요. 위증죄라는 것이 있으니까 그들도 법정에서 함부로 거짓말을 할 순 없어요."

"네. 변호사님만 믿겠습니다."

32. 불행 끝 행복 시작

김이설은 회사를 믿었다. 회사에서 요구하는 대로 따르면 된다고 최상무가 말했다. 김부장은 회사를 그만 둘 수밖에 없으니 염려하지 말라고도 그들이 말했다. 그런데 김부장이 재판을 청구했다. 이건 예상치 못했던 일이다. 회사는 그녀의 진술서가 필요하다고 했다. 그녀의 짧은 머리로는 뭐라고 써야 할지 막막했다. 서울에서 박과장이 내려왔다. 그가 김이설은 물론, 천경은과 박지선을 회의실로 불러들였다.

"김부장은 이제 끝났어. 그러니 여러분이 나를 도와줘야겠어."

박과장의 말이 끝나자마자 천경은이 눈을 동그랗게 뜨고 말했다.

"네? 부장님이 왜요? 출장가신 거 아닌가요?"

박지선도 무슨 일이냐는 듯 눈만 휘둥그레 뜨고 박과장에게 말했다.

"무슨 일인데요? 저한테는 김이설씨 후임으로 올 여직원에게 업무를 알려주라고 지시하셨거든요."

그 말을 듣자마자 김이설이 박지선을 째려봤다.

"아니, 내가 왜 그만둬요? 나 참 별꼴이야."

김이설의 반응에 다른 두 여직원들이 어이없다는 표정이다.

"아무튼 김부장은 해고되었으니까 그렇게들 알고 장대리 지시에
잘 따르도록 해. 앞으로 장대리가 김부장이 하던 일을 맡게 될 거고,
대신 본사에서 이부장님이 자주 내려오실 거야."

회사의 지시만 따르면 된다고 했던 최상무는 더 이상 김이설의 집
에 들르지 않았다. 대신 그녀의 안전은 이진구부장과 박과장이 보장
해준다고 했다. 김이설은 그들의 요구대로 했다. 눈엣가시 같던 김부
장이 사라졌으니 이제부터 불행 끝 행복 시작이다. 비록 최상무가 주
던 생활비는 끊겼지만 그건 일시적일 뿐이다. 잠잠해질 때까지만 기
다리라고 했다. 김이설은 그 말을 믿는다. 최상무는 결코 그녀의 품을
떠날 수 없을 거다. 그녀는 자신의 매력을 믿는다. 김부장의 일이 끝
나자마자 최상무는 그녀를 찾지 않을 수 없을 거다. 게다가 장대리가
한 사무실에서 일하게 되었다. 비록 여드름투성이긴 해도 장대리는
총각이다. 이번 기회에 장대리와 데이트를 해보는 것도 나쁘지 않을
거 같다. 혹시 알게 뭔가. 장대리의 집안이 넉넉하면 아예 결혼도 할
수 있을 것이다. 김이설은 그녀의 카카오톡 문구를 바꿔버렸다.

'이제부터 행복할 일만 있을 거야!'

곧 끝날 거라더니 재판까지 왔다. 김이설로서는 정말 짜증스럽기
짝이 없는 일이다. 창피를 당하면 김부장이 회사에서 조용히 사라져
버릴 줄만 알았다. 김부장만 해고되면 회사에 잘 다닐 수 있을 줄 알

았다. 그런데 김부장이 해고무효 소송을 내자 회사에서는 김이설에게도 진짜 그만두라고 했다. 처음엔 김부장을 해고하기 위해서 형식이라도 사직서가 필요하다더니 이제는 진짜 그만두라는 것이다. 그녀가 항의하자 이부장은 물론 전무까지 나서서 걱정하지 말라고 했다. 그녀가 회사에 남아있으면 김부장의 성희롱 때문에 그녀가 사표를 냈다는 것이 거짓으로 보여질 수 있다는 것이다. 대신 다른 직장을 알선해줄 뿐만 아니라 충분한 사례금까지 제시했다. 상황에 따라서는 복직도 가능하다고 했다. 괜찮은 조건이다.

이번엔 진짜 사직이다. 김부장이 해고되고 나서도 세 달만의 일이다. 김이설은 그렇게 실직자가 되었다. 그녀는 박과장이 알려준 대로 고용노동부에 가서 실업수당을 신청했다. 김부장의 재판이 진행되는 당분간이다. 그동안 놀면서 실업수당을 받고 있으면 취직도 시켜주고 3년 치 연봉까지 준다고 했다. 나쁘지 않은 거래다. 그렇지만 최상무의 후원이 끊겼으니 당분간은 아쉽기 짝이 없다. 게다가 이제는 법원에 증인으로 출두하라는 요청까지 받았다. 너무너무 귀찮다. 김부장이라는 인간은 정말로 앞뒤가 꽉꽉 막힌 멍청이다.

33. 증언

계절은 이미 여름의 끝을 달리고 있다. 초봄의 추위가 가시자마자 사방에서 한꺼번에 개화했던 봄꽃들이 불과 이삼일 만에 모두 지고 말았다. 철쭉이며 라일락도 계절을 모르는지 일찌감치 꽃봉오리를 열더니, 이내 뜨거운 태양 아래에서 꽃잎이 하얗게 타버렸다. 봄은 그렇게 흔적도 없이 사라지고 길고 긴 여름이 소리 없이 찾아왔다. 장마 같지 않은 장마철을 보내고 나자 한여름의 집중호우가 때 없이 쏟아지곤 했다. 후덥지근한 날씨가 더위에 지친 사람들을 짜증스럽게 만들며 굶주린 휴지조각처럼 습기를 머금었다.

아직 시간이 이르지만 김부장은 법정 밖 복도에서 변호사를 기다렸다. 잠시 후 엘리베이터 주위가 시끌벅적하더니 피고 측 변호사와 박과장이 나타났다. 그들 사이에 김이설이 있다. 그들은 양옆에서 김이설을 보호하듯이 에워싸고 걸었다. 김이설은 복도에 서 있는 김부장을 보고 멈칫했다. 동행하고 있던 법마을이 그녀에게 당당하게 걸으라고 했다.

"쭈뼛거리고 있으면 저 쪽에서 물고 늘어질 테니까, 아무 걱정하지 말고 진술서에 있는 대로 대답하면 돼."

그 말에 힘을 얻은 김이설이 표정 하나 변하지 않고 고개를 돌렸다.

"네. 걱정 안 해요. 제 뒤에 회사가 있고 변호사님이 버티고 있는데 걱정을 왜 해요? 호호."

그들은 김부장이 있는 곳에서 십여 미터 떨어진 복도 창가에 서거니 앉거니 자리 잡았다.

"박과장님, 그런데요, 저한테 주시기로 약속한 거 언제쯤 받을 수 있어요?"

"이설씨, 그 얘기는 나중에 해요."

박과장이 저쪽에 앉아있는 김부장을 흘끗거리며 말했다.

재판이 시작되었다.

"증인은 김이설씨가 맞습니까?

"네."

"거기 증인석 테이블 위에 있는 거 읽고 선서하세요."

재판장이 김이설을 바라보며 말했다. 재판장은 그녀가 서 있는 증인석보다 한 단쯤 높은 곳에 앉아있다.

"저 김이설은 사실대로 말할 것을 선서합니다."

"원고측 질문하세요."

김부장의 변호사가 김이설을 바라보며 질문했다.

"증인이 쓴 진술서를 보면 증인은 작년 7월 중순 경, 서울에 있는 본사에 가서 입사면접을 마치고 원고와 함께 인천으로 내려왔다고 했는데 맞습니까?

"네, 맞습니다."

"택시에서 원고가 증인과 옆자리에 나란히 앉았었나요?"

"글쎄요, 잘 기억나지 않습니다."

"원고의 주장에 따르면 원고는 조수석에 앉고 증인은 뒷좌석에 앉았다고 하는데 맞습니까?"

"글쎄요… 그런 거 같아요."

변호사가 슬라이드 화면을 비추면서 말했다.

"증인은 저것이 무엇인지 알 수 있나요?"

"글쎄요. 그냥 봐서는 뭔지 모르겠는데요."

"그럼 다시 묻겠습니다. 증인은 서울에서 취업 면접 마치고 내려와서 원고 김준영씨와 증인의 집 근처에 있는 해와달이라는 맥주집에 갔습니다. 그날 주문했던 튀김하고 한치구이 안주입니다. 맞지요?"

"다시 보니까 그런 것 같아요."

"증인은 그날 원고 김준영씨가 술값을 지불하는 것을 봤습니까?"

"네. 봤어요."

"그럼 원고가 만 원짜리 지폐로 내던가요? 아니면 오만 원짜리 지폐로 내던가요?"

"만 원짜리 여러 장이었습니다."

"분명히 만 원짜리지요?"

"네. 만 원짜리 지폐였어요."

"여러 장이라고 했는데 그럼 세 장 정도요? 다섯 장? 아니면 열 장

정도 냈던가요?"

"글세요, 정확히는 모르지만 열 장까지는 안 되는 거 같고 아마 다섯 장쯤 될 거 같아요."

"그렇다면 오 만원을 냈다는 건데 실제로 해와달에서 맥주 다섯 병에 튀김이랑 한치 안주를 시키니까 정확히 오 만원이 나왔습니다. 그런데 증인이 쓴 진술서에 보면 테이블의 삼분의 이가 넘게 술병이 쌓여있었다고 했는데 그렇게 되려면 몇 병 정도를 마셔야 할 것 같습니까?"

순간, 김이설은 당황했다. 아무 생각도 나지 않았다. 빈 술병이 많았다고 했으니 술값도 계산해봤어야 했다. 진술서에 쓴 대로 말하면 된다고 변호사가 가르쳐 줬다. 다른 질문은 모른다거나 대충 아는 대로 말하면 된다고 했다. 그런데 원고의 변호사가 돈 얘기를 먼저 꺼내기에 방심한 것이 실수다. 김이설의 심장이 뛰기 시작했다. 조심해야지.

"그건····· 오래돼서 잘 생각나지 않습니다."

원고의 변호사가 살짝 미소를 지었다. 예키지 못했던 해맑은 미소에 김이설은 움칫했다. 그녀는 원고 측과 마주치지 않으려고 고개를 돌리고 있어서 그쪽 변호사의 얼굴을 처음 봤다.

"술값을 치르고 나서 어떻게 했나요?"

"거기서 나왔어요."

"원고를 부축해야 했나요?"

"아니요. 그냥 걸어 나왔어요."

"그런 다음 어떻게 했나요?"

"부장님은 호프집 앞에서 택시를 탔고 저는 바로 집으로 갔어요."

"좋습니다. 다음 질문으로 넘어가겠습니다. 증인의 진술서를 보면 원고 김준영씨가 우산을 씌워달라고 했다는데 그게 언제였습니까?"

"잘 기억나지 않지만 진술서에 쓴 대로 8월 말에 식당에 가면서 썼고, 일주일쯤 뒤에 부장님이 비 온다며 정문까지 씌워달라고 했어요."

"그럼 8월말과 9월초가 되겠군요?"

"네, 맞아요."

변호사가 다른 사진을 슬라이드로 보여줬다.

"저기가 어딘지 아시죠?"

"네 A중공업이네요."

"맞습니다. 저기가 원고와 증인이 근무하던 사무실에서 식당으로 가는 길입니다. 보시다시피 저렇게 넓습니다. 게다가 A중공업은 수천 명의 직원이 구내식당에서 점심식사를 하는데, 많은 사람들이 보는 곳에서 원고가 피고에게 무슨 짓을 할 수 있었는지 궁금합니다."

김이설이 잠시 머뭇거렸다.

"그땐 별거 없었던 거 같아요."

"그날 다른 직원들하고 구내식당에서 점심식사를 하고나서, 원고가 옆에 있던 매점에서 증인에게 우산을 사주면서 쓰고 가라고 했다는데 맞습니까?"

"네, 맞습니다."

"어떤 우산이었습니까?"

"핑크색 바탕에 검은색 물방울 무늬였습니다."

"그건 정확히 기억하시네요. 그럼 8월 말에 식당에 가면서는 원고가 특별히 만지거나 한 것은 없다는 거지요?"

"그런 거 같아요."

"그런데 증인은 진술서에 불쾌했다고 썼는데 왜 그랬나요?"

"언니들이 뒤에서 보고 이상하다며 조심하라기에… "

"언니들이라면 누구를 말하나요?"

"같이 근무하는 언니들이요."

"네 그럼 박지선 천지은씨가 그렇게 말했다는 거네요?"

"네."

"그런데 원고는 김이설씨가 입사하기 전인 8월 16일에 사무실 구경하고 싶다면서 왔었고, 마침 점심시간이 되었는데 비가 내렸으며, 다른 직원들은 모두 우산이 있어서 각자 쓰고 식당으로 가는데, 김이설씨가 부장님하고 같이 가겠다며 원고의 우산 속으로 들어왔다고 하는데 증인은 진술서에서도 그렇고 지금도 마찬가지로 8월말이라고 하고 있습니다. 어느 것이 맞습니까?"

"글쎄요, 잘 기억나지 않네요."

"일주일 뒤에 원고가 또다시 우산을 씌워 달라고 했다는데, 우산을 쓰고 가면서 원고가 증인에게 어떻게 했나요? 말하자면 어깨에 손을 얹었다든지 허리를 잡았다든지 하는 행동을 했습니까?"

"아니 그런 건 아니고, 저기 ···· 팔이 제 가슴에 닿았어요."

"그게 언제죠? 8월말에 식당에 가는 길이었나요? 아니면 정문까지

가는 중이었나요?"

"정문까지 가는 중이요."

"그리고 나서 또 우산을 씌워준 적이 있나요?"

"아니요."

변호사가 무엇을 찾는지 서류를 뒤적거리고 있다. 김이설은 정신이 혼미해지는 것 같다. 답변을 제대로 했는지 알 수가 없다. 그녀가 법마을을 쳐다봤지만 그는 굳은 얼굴로 시선을 서류에 두고 있다.

"다음으로 원고가 승용차로 증인을 태워다 줬다고 했는데 그게 언제입니까?"

"8월 말이요."

"증인이 8월 25일에 입사했고 8월말이면 일주일도 채 안되었는데 원고가 태워다 줬다는 거지요?"

"네."

"일주일도 안 된 여직원을 야근시키고 집까지 태워줬다고 하는데, 그런 적이 자주 있습니까?"

"다른 사람들은 모르겠는데 저는 그때 이후로는 안탔어요."

"좋습니다. 그럼 그날 다른 직원들하고 같이 탔다고 했는데, 천지은씨가 동인천역에서 내리고, 박지선씨가 주안역에서 내리고, 장대리가 시청역에서 내린 것이 맞나요?"

"네, 맞습니다."

"증이은 뒷자리에 앉아 있다가 왜 원고의 옆인 조수석으로 옮겨 탔나요?"

"그건······."

"증인은 옮기기 싫은데 원고가 억지로 시켰나요?"

"그건······."

"좋습니다. 증인은 그때 피자를 들고 있었다고 했는데 그 피자는 증인만 갖고 있었나요?"

"아니요, 여직원들 세 명 모두 하나씩 갖고 있었어요."

"증인이 쓴 진술서를 보면 시청역에서 증인의 집이 있는 논현동까지 곧 바로 가지 않고 시내를 빙빙 돌았다고 했는데, 그때 원고가 증인에게 뭐라고 했나요?"

"집주소를 대라고 하면서 화를 냈어요. 무서웠어요."

"그럼 원고가 증인을 만지거나 다른 것은 하지 않고 화를 냈다는 것이군요. 원고가 내비게이션에 주소를 입력하려고 물어봤다고 생각하지 않았나요?"

"그렇지만 무서웠어요."

"원고는 증인이 주소를 정확히 알려주지 않아서 곧 바로 집을 찾지 못하고 근처에서 내려줬다고 하는데 어떻게 생각합니까?"

"그건······."

"진술서에 보면 원고가 증인을 집까지 태워준 것도 아니고 근처에서 내리게 하고, 차 문을 닫기도 전에 출발했다고 했는데 맞습니까?"

"네, 맞습니다."

"그렇다면 원고는 증인을 태우고 가면서 집주소를 여러 번 물었으며, 곧바로 가지 않았고, 집 근처에 가서는 증인이 내리자마자 출발했다는 거네요. 맞습니까?"

"네."

"다음은 원고가 사무실에서 증인의 다리를 바라봤다고 진술서에 썼는데, 증인은 원고가 다리를 보는 것을 직접 목격했나요?"

"그건…, 제가 봤다기보다 언니들이 말해줬어요. 조심하라고."

"언니들이라면 누구를 말하는 건가요?"

"언니들이요, 같이 일하는."

"아, 네. 그럼 증인이 직접 본 것은 아니군요?"

"…"

"알겠습니다. 증인에게 다시 한 번 묻겠습니다. 이 진술서를 증인이 직접 쓴 것이 맞습니까?"

"네."

변호사가 재판장에게 말했다.

"이상입니다."

재판장이 고개를 끄덕거렸다.

"피고 측, 질문 있습니까?"

"없습니다."

재판장이 김이설에게 그만 가도 된다고 했다. 그녀가 법정을 나오려고 할 때 문 옆에 앉아있던 남자가 서류에 사인을 하라며 내밀었다. 김이설이 들여다보니 증인으로 출석했다는 확인서다. 그녀가 사인을 하자 그 남자가 또 다른 종이 한 장을 건넸다. 법원 내에 있는 은행에 가서 돈을 받아가라는 거다. 김이설은 속으로 웃었다. 이런,

교통비까지 챙겨주네. 호호호.

"원고 측 더 있습니까?."

"원고의 주장으로는 우산을 같이 쓴 것은 김이설씨가 입사하기 전 8월 16일 한 번 뿐이라고 합니다. 이후에는 씌워주기는커녕 둘이 같이 다닌 적도 없다고 합니다. 그러므로 A중공업 내에 있는 A글로넷 사무실에서 정문까지에 있는 CCTV를 증거로 제출하기를 요구합니다."

재판장이 사무직원에게 증거 제출 사항을 기록하라고 말했다.

"원고의 승용차로 퇴근시킨 건을 말씀드리겠습니다. 우선 날짜가 틀리다는 점을 말씀드립니다. 김이설씨는 8월 말경이라고 했는데, A중공업은 매달 월 결산을 말일이 지나서 다음 달 초인 1~3일에 결산을 하게 됩니다. 그런데 당시 김이설씨는 입사한 지 일주일도 안 된 상태였으므로 기존에 임시직으로 근무하던 A중공업에 가서 결산을 해줘야 했습니다. 그러므로 결산을 마치고나서 통근버스가 없을 때 택시를 타라면서 원고가 법인카드를 김이설씨에게 주었습니다. 여기 법인카드의 사용내역을 증거로 제출합니다."

김변호사가 카드사용 내역이 적혀있는 서류를 증거로 제출했다.

"원고가 직원들의 퇴근을 도와준 것은 10월 4일입니다. 또한 작년 10월은 1일이 토요일이고 일요일 지나서 월요일인 3일은 개천절이어서 연휴였습니다. 그러므로 그 달에는 전월의 월말결산이 4일에 행해졌던 것입니다. 또한 원고가 근무했던 사무실을 각 방향에서 찍은 사진을 제출합니다. 보시다시피 원고는 물론이고 각 직원들 자리는 파티션으로 구분되어 있습니다."

"피고 측 변론 있습니까?"

김변호사가 말하는 동안 법마을은 듣는 둥 마는 둥 눈동자를 굴리고 있었다. 재판장의 질문에 그가 말했다.

"원고가 제출한 자료를 본 다음 서면으로 하겠습니다."

"원고 측, 증인 신청 있습니까?"

"네, 천경은 씨와 박지선 씨를 증인으로 신청합니다."

김변호사가 다른 여직원들을 증인 신청했다. 재판장은 증인 신청을 수락하고 다음 기일을 정했다.

34. 평생 은인

두렵다. 이렇게 될 줄은 정말 몰랐다. 사무실 분위기가 이전과는 사뭇 다르다. 김부장이 해고되고 나서 벌써 여러 달이 지났다. 이전에는 김부장이 가장 먼저 출근했었다. 천경은이 통근버스를 타고 출근하면 김부장은 이미 컴퓨터 화면을 들여다보고 있었다. 그녀가 책상에 앉아서 하루 일과를 준비하고 있으면 박지선이 들어왔고, 마지막에 들어오는 것은 늘 김이설이었다.

김부장은 아침마다 회의를 하며 그날그날의 업무를 지시하고 확인했다. 그는 한 치의 실수도 스스로에게 용납하지 않았다. 그만큼 업무와 관련된 일에는 매우 까다로웠다. 언젠가 천경은은 그녀 자신의 업무가 잘못되었다는 것을 퇴근 후에야 알았다. 마침 주말이었다. 그녀는 아무도 출근하지 않은 일요일, 사무실에 가서 실수를 찾아냈고 정정했다. 그 후에 김부장에게 전화로 보고했다. 그녀는 많은 칭찬을 받았고 다음날 김부장이 법인카드를 건네주며 여직원들끼리라도 회식을 하게 했다. 천경은이 아는 김부장은 남에게 베풀 줄도 아는 사람이었다.

아침회의를 마치고 나면 김부장은 주로 외근을 나갔다. 그는 밖에서 일을 할 때가 많았다. 늘 출하장이나 보세창고, 또는 협력업체 사무실 등을 다니다가 전화로 업무를 지시했다. 그가 나가고 나면 여직원들끼리 차를 마시며 수다를 떨기도 했다. 제일 맏언니격인 박지선은 말이 없는 편이다. 김이설이 가장 수다스러웠다. 아니, 수다스럽다기보다 언니들의 패션 감각이나 헤어스타일을 제멋대로 평가하곤 했다. 키가 작고 통통한 몸집의 박지선이 불쾌한 낯빛으로 쏘아붙일 때도 있다. 천경은은 그렇게 쏘아대는 박지선이 부러웠다. 그녀들처럼 비싼 옷을 사 입지 못하는 천경은이다. 더구나 사무실의 청소부 아줌마가 자신의 엄마라는 것이 밝혀질까 봐 늘 노심초사였다.

A중공업은 사내의 모든 근로자에게 점퍼로 된 유니폼을 착용하게 했다. 그것은 사장부터 임직원들과 현장 직원들은 물론이고 공장 내에 입주해 있는 협력업체 직원들까지 예외가 없다. 뿐만 아니라 목에는 사원증을 꼭 패용하도록 했다. 문제는 김이설이다. 그녀는 유일하게 사복을 입었다. 게다가 짧아도 너무 짧은 그녀의 미니스커트가 말썽이었다. 사원들 사이에서 화젯거리였지만 김부장도 짧은 스커트를 차마 직접 거론하지 못하겠는지 여직원 중 제일 맏이인 박지선에게 부탁했다. 지난번 채팅 사건 이후로 김부장이 김이설을 멀리하는 것을 그녀들도 느끼고 있었지만, 사무실 기강을 잡으려던 박지선은 말을 꺼냈다가 되려 센스 없는 여자라고 김이설에게 무안을 당했다.

김부장은 천경은의 엄마가 청소하고 있을 때면 냉장고에서 음료수를 꺼내어 주며 격려하곤 했다. 그 모습을 지켜보는 천경은은 고마우면서도 마음속 어느 귀퉁이에서는 다른 누군가가 그들의 관계를 알게 될지도 모른다는 두려움이 웅크리고 있었다. 김부장이 그들 모녀에 대해서 절대로 말하지 않을 사람이라는 것은 천경은도 믿었지만, 때로는 그 앞에서 주눅이 들 때가 있다는 것이 너무 싫었다.

엄마는 항상 김부장을 가리켜 평생은인이라고 그녀에게 말했다. 하지만 그건 엄마의 생각일 뿐이다. 김부장이 해고되고 나서 본사에서 내려온 박과장이 그녀에게 김부장과 관련되어 손가락이라도 스친 일이 있다면 모두 말하라고 했을 때, 은근히 기대되기도 했다. 더 이상 청소부의 딸로서 김부장 앞에 주눅 들지 않아도 될 거라는.

김부장이 해고되고 나자 가장 기뻐하고 신이 난 것은 김이설이다. 그녀는 자기 덕분에 꼰대 같은 김부장을 몰아낼 수 있었으니 고마워하라며 노골적으로 나댔다. 그런 김이설 앞에서 박지선도 천경은도 말은 못해도 아니꼽기 그지없다. 더구나 그 과정에서 천경은과 청소부 아줌마의 관계가 밝혀졌다. 김이설은 아예 드러내놓고 천경은을 멸시했다.

제 세상이 된 듯이 까불어대던 김이설이다. 회사는 재판이 진행되는 동안 여직원들을 그대로 두면 안 된다고 결정했다. 그녀들은 고소인이면서도 증인이기 때문이다. 재판이 시작되자 김이설은 더 이상 출근을 못했다. 그녀는 짐을 싸면서도 당당했고 곧 돌아올 거라는 뉘앙스를 풍겼다.

박지선은 인사부의 협조 하에 고향인 부산사무소로 전근되었다.

고향에서 가족과 함께 살게 된 박지선은 매우 만족했다. 천경은은 그런 박지선이 부럽다. A중공업의 사람들은 그녀를 볼 때마다 한 번씩 돌아보곤 했다. 뒤에서 은혜를 원수로 갚았다며 수군거리는 말을 천경은도 충분히 짐작할 수 있다.

새로운 여직원들이 사무실에 들어왔다. 그녀들은 천경은을 경계했다. 지난 달 승진해서 과장이 된 장대리가 그녀를 보호했다. 그들 사이에는 묵시적인 필요가 존재했다.

천경은은 며칠 전 증인으로 법원에 불려갔던 날을 떠올렸다. 법원 건물에 들어서자 그녀는 온 몸이 얼어붙는 느낌이었다. 박과장이 옆에서 걱정하지 말라며 용기를 줬지만 그녀는 고개를 들기도 힘들었다. 법정 증인석에 섰을 때 변호사와 함께 앉아있는 김부장과 눈이 마주쳤다. 그녀의 얼굴이 하얗게 질렸다. 아무 생각도 나지 않았다. 변호사의 질문에 무슨 답변을 했는지도 잘 기억나지 않는다. 그녀가 증언을 마치고 나왔을 때 박지선이 복도에서 기다리고 있었다. 박지선도 잔뜩 긴장하고 있기는 마찬가지였다.

35. 판결

김부장은 눈을 감은 채 두 손을 꼭 움켜쥐고 있다.

"사건번호 2012가합○○○○번 해고무효소송, 해고원인 없음으로 무효임을 판결한다."

탕탕탕.

판사가 판결문을 낭독하자 김부장이 자리에서 벌떡 일어났다. 그는 판사를 향해서 깊숙이 고개를 숙여 절을 했다. 옆에 있던 김변호사도 판사를 향해서 고개를 숙였다. 김부장이 변호사의 손을 굳게 잡으며 고마운 심정을 표현했다. 뒤에서 지켜보고 있던 아내가 북받쳐 오르는 설움을 참지 못하고 오열했다.

아내가 눈물을 닦아내며 말했다.

"선배님, 고맙습니다."

"나야 당연히 해야 할 일이지만, 두 분이 정말 고생했습니다."

"선배님만 믿고 시작한 걸요."

"하하하, 민숙씨가 나를 비행기 태우네요."

두 사람의 대화를 들으며 흥분된 가슴을 진정시키던 김부장이 나섰다.

"정말 고생하셨습니다."

"당연한 결과지요. 부장님께서 많이 도와주셨잖습니까."

"아닙니다. 변호사님이 아니면 이길 수 없었다는 거 잘 압니다. 저 놈들 회유와 협박에 끝까지 맞설 수 있는 변호사가 얼마나 되겠습니까."

"별 말씀을 다 하십니다. 그나저나 저쪽에서 항소할 확률이 매우 높습니다."

"네? 그럼 이제 어떻게 해야 하지요?"

"일단, 다른 두 여직원의 진술과 비교하면 김이설의 경우는 위증이 확실하니까 위증과 명예훼손으로 고발을 해야겠습니다. 경찰 수사과정에서 저들의 공모가 드러나고 누가 시켰는지 밝혀진다면 저쪽에서 항소를 해도 기각될 것입니다."

"알겠습니다. 그럼 어서 준비해서 경찰에 제출해야겠군요."

이제 됐다. 집으로 향하는 김부장은 가슴을 짓누르고 있던 돌덩이가 떨어져 나간 것처럼 개운하다. 다시 회사로 돌아가면 본사의 반대가 있어도 반드시 남자직원을 채용해야겠다고 다짐했다. 상시로 함께 근무하는 남자 직원이 한 명만 있었어도 이런 재앙은 피할 수 있었을 것이라고 생각됐다. 그는 자신의 선의를 배신한 여직원들을 도저히 용서할 수 없다. 그는 그녀들의 어려운 환경을 이해하고 도와주려고 했을 뿐이다. 이제 그녀들에게 배은망덕의 결과가 무엇인지를 똑똑히 맛보게 해야 한다.

아내가 옆에서 눈물을 흘리며 기도하고 있다. 김부장이 아내의 손을 꼭 잡았다.

"여보, 힘들었지? 미안해, 이런 일을 겪게 해서."

꼬박 일 년이 걸렸다. 그동안 누구에게도 말 못하고 지낸 시간이 민숙의 뇌리에 주마등처럼 떠오르자 더욱 서러워진 그녀는 흐르는 눈물을 주체하지 못했다. 다른 일도 아닌 성희롱이라는 불명예로 남편이 해고됐다. 그 얘기를 어느 누구에게 할 수 있을까. 그녀는 시댁 식구들은 물론 친정식구들에게도 말하지 못했다. 친한 친구들에게조차 말하지 못했다. 밖에 나가면 남편의 상황을 아는 누군가를 만날까 봐 늘 두려웠다. 그것은 이 사회에서 지탄받을 수밖에 없는 성희롱이기 때문이다. 그녀는 그동안 해왔던 사회 활동도 가능한 줄였다. 설사 남편이 결백하다고 해도 그가 성희롱으로 해고되었다는 말이 나오는 순간, 아니 땐 굴뚝에 연기 나겠냐는 시선으로 볼 것이 뻔했다.

남편이 해고되었을 때 민숙은 성폭력상담소에 근무하는 친구에게 가장 먼저 물어봤다. 물론, 당사자가 그녀의 남편이라는 것은 말하지 못했다. 친구의 답변은 간단했다.

"남자와 악수만 하고도 여성 쪽에서 불쾌하다고 느꼈으면 그것도 성희롱이야."

민숙은 절망했다. 너무도 간단히 말하는 친구의 태도에 배신감까지 들었다. 저렇게 성의 없이 말하면서 사회단체니 상담이니 하며 활동하는 친구에게서 이율배반을 느꼈다. 모든 일은 동전의 양면이다. 그런 만큼 친구는 양쪽의 얘기를 들어보고 말해야 했다. 친구의 태도가 일방적인 손들어 주기 행태로 밖에 여겨지지 않았다. 그것이 사회

운동 하는 이들의 한 단면이라고 생각되자 그때부터 매스컴을 통해 들려오는 뉴스를 거꾸로 생각해보는 버릇이 생겼다. 다음날 민숙은 은행에 가서 그 단체에 매달 해왔던 후원금 기부를 해제해 버렸다.

며칠 후, 여성 피의자를 성추행한 검사에 대한 뉴스가 TV와 신문, 각종 매스컴을 장식했다. 민숙은 생각했다. 과연 성추행일까. 혹시 그 검사를 제거하기 위한 누군가의 음모는 아닐까. 민숙은 그 누군가의 사주를 받았을지도 모르는, 여자의 유혹을 거부하지 못한 검사가 불쌍했다. 다행히 그녀의 남편은 실제 성희롱을 한 흔적이 없다. 그럼에도 불구하고 음모에 휘말렸다. 그녀는 남편에게도 화가 났다. 아무리 음모라고 해도 그런 일에 걸려들었다는 것조차 견디기 힘들다. 그렇지만 남편을 몰아댈 수도 없다. 무엇보다도 남편이 최악의 선택을 하게 될까봐 두려웠다.

민숙은 양성평등에 관한 강의를 들을 기회가 있었다. 강의 제목은 분명 양성평등이라고 했는데, 내용은 일방적인 여성 편향의 강의였다. 강의가 끝나고 민숙이 질문했다.

"그럼, 여자가 남자에게 앙심을 품고 성희롱 당했다고 고소하면, 남자는 하지도 않은 성희롱으로 매장될 수밖에 없는 건가요? 그건 너무 일방적이고 편파적인데 어떻게 양성평등이라는 거죠?"

"약자를 보호해야 평등해집니다."

"그럼 그런 일을 당하는 남자에게도 가족이 있을 텐데, 그 아내와 아이들은 어디에 호소해야 합니까?"

"이 사회가 평등해지려면 일부의 희생은 감수해야 합니다."

너무도 당연하다는 듯 말하는 강사의 답변에 민숙은 자리를 박차고 나와 버렸다. 민주주의는 다수결 원칙이다. 그렇지만 이건 아니다. 아무데나 다수결이라고 내세우면 소수의 정의는 설 자리가 없다. 갈수록 태산이라고 할 것이 아니라 갈수록 얼어 죽을 민주주의다.

성희롱이라는 말만 들어도 세상은 온통 이구동성으로 일방적인 손가락질이다. 어디에도 하소연 할 데가 없다. 그녀의 가슴은 나날이 타들어 갔다. 임금님의 대나무 밭이라도 어디 없을까.

민숙은 한동안 게을리 했던 기도를 시작했다. 아침에 일어나면 가장 먼저 성경을 읽고 묵상했다. 처음에는 성경 구절이 눈에 들어오지 않았다. 하루하루가 지옥 같은데 누구를 용서하고 누구를 사랑할 수 있단 말인가.

"여호와여 나의 대적이 어찌 그리 많은지요 일어나 나를 치는 자가 많으니이다. 많은 사람이 나를 대적하여 말하기를 그는 하나님께 구원을 받지 못한다 하나이다. 여호와여 주는 나의 방패시요 나의 영광이시요 나의 머리를 드시는 자이시니이다. 내가 나의 목소리로 여호와께 부르짖으니 그의 성산에서 응답하시는도다. 내가 누워 자고 깨었으니 여호와께서 나를 붙드심이로다. 천만인이 나를 에워싸 진 친다 하여도 나는 두려워하지 아니하리이다. 여호와여 일어나소서 나의 하나님이여 나를 구원하소서 주께서 나의 모든 원수의 뺨을 치시며 악인의 이를 꺾으셨나이다. 구원은 여호와께 있사오니 주의 복을 주의 백성에게 내리소서."(시편 3장)

36. 심문

"김이설씨 맞지요?"

"네."

"주민번호 불러봐요."

"900000에 2100000이요."

"주소?"

"인천 ○○구 ○○동 ○○빌라 104호."

김이설은 조사관의 질문에 순순히 대답했다. 그녀는 지금의 상황이 당황스럽다. 경찰의 소환을 받고 곧바로 최상무에게 전화를 했다. 그러나 아무 일 없을 거라던 최상무는 그녀의 전화를 받지 않았다. 인사부의 박과장에게도 문자를 남겼다. 무조건 모른다고 하라는 답글이 왔다. 그녀는 새삼 각오를 단단히 했지만 막상 경찰서 조사실에 혼자 남겨져서 질문을 받자 김이설은 머리가 하얗게 비는 것만 같다.

"이봐요, 김이설 씨. 당신이 쓴 진술서에는 테이블의 반 이상이 맥주병으로 가득했다고 써놓고, 법정에서는 겨우 다섯 병이라고 시인했는데 맞아요?"

"…"

"허 참, 그럼 김준영 씨가 차를 태워다 줄 때 억지로 앞자리에 앉게 하고 2시간이나 빙빙 돌며 내려주지 않았다고 했는데 맞아요?"

"두 시간인지는 모르겠는데 오래 걸렸어요."

"그거야 당신이 주소를 제대로 가르쳐줬으면 됐을 거 아냐?"

"…."

"그리고 당신이 법정에서 진술한 내용을 보면 여직원 세 명 모두가 피자를 하나씩 갖고 있었다고 했는데 맞아요?"

"네."

"허, 그래? 그런데 다른 여직원들은 피자를 갖고 있지 않았다고 진술했거든. 어떻게 된 거지? 대체 누가 거짓말을 한 거지?"

"…."

"비올 때 김준영 씨랑 우산을 같이 쓴 것은 맞아요?"

"네."

"김준영 씨는 당신이 그 사람의 우산에 뛰어들어서 같이 쓰자고 했다는데, 당신이 쓴 진술서를 보면 김준영 씨가 억지로 쓰자고 했구만. 당신은 김준영 씨가 우산을 쓰고 심하게 스킨십을 했다고 썼는데, 그런 사람이 왜 당신에게 우산을 사주며 혼자서 돌아가게 했을까?"

"…."

"이거 참. 김이설 씨, 당신이 쓴 대로라면 남자랑 여자랑 같이 있으면 모두 성희롱이 되겠구만. 이래서야 어디 남녀가 같이 일할 수 있겠어?"

"…."

박경사는 심문을 하면서도 한심했다. 대체 뭐 이런 경우가 있을까. 아무리 여성평등이니 양성평등이니 한다지만 이거야 원, 여자들 무서워서 무슨 일을 같이 할 수 있을까. 그런데 이 김이설이란 계집애는 묘한 매력이 있다. 긴 모가지와 긴 손가락, 게다가 흰 피부에 긴 머리카락. 그는 여자의 가느다란 허리를 감싸 안고 싶은 충동이 일었다. 살짝 건드리기만 해도 몸에 찰싹 달라붙을 것만 같은 여자의 몸이 자꾸만 박경사의 머리를 마비시켰다. 여자는 지금 긴 속눈썹을 내리깔고 있다. 그는 입안에 고인 침을 꿀꺽 삼켰다.

"이봐요, 김이설 씨."

여자가 아무 반응이 없다.

"이봐요, 고개 좀 들어보라니까."

여자가 슬그머니 고개를 들면서 박경사를 바라봤다. 기다란 속눈썹에 가려진 눈빛이 박경사에게 애원하고 있는 것처럼 보였다. 박경사가 고개를 돌렸다. 이런 젠장.

"오늘은 됐고 내일 다시 와요. 대질 심문이 있을 거야."

김이설이 경찰서를 나서자 박과장이 기다리고 있었다. 박과장이 수고했다며 그녀를 데리고 근처에 있는 커피숍으로 갔다. 법마을의 변호사가 그곳에 있었다.

"김이설 씨, 우리가 다 알아서 할 테니까 아무 걱정하지 말고 불리하면 무조건 모른다고 해. 아니면 아예 대답도 하지 말고."

"그러면 될까요? 경찰이 물을 때는 너무 무서웠어요."

"걱정하지 말라니까, 우리한테 다 생각이 있어. 이설씨는 아직 우리 법마을을 모르는 모양인데 우리 회사 변호사들은 다 판사나 검사 출신이야. 검사도 그냥 검사인줄 알아? 부장검사 출신이라고. 그뿐이야? 대법관 출신도 있어. 이설씨도 전관예우라는 말 들어봤지? 우리 소속 변호사들이 나서면 검찰도 법원도 꼼짝 못하고 들어줘야 해. 그러니 아무 염려하지 말고 무조건 기억나지 않거나 모른다고 하면 돼. 알았지?"

"그런데 왜 지난번 인천법원에서 졌어요?"

김이설이 아무 것도 모른다는 표정으로 묻자 법마을 변호사의 얼굴이 일그러졌다.

"그건 말야, 그때 그 판사가 세상물정을 모르는 조무래기라서 그래. 그러니 믿어, 믿으라구."

37. 밤의 여자

정말 재수 더럽게 없다. 어떻게 언니란 것들이 자기보다 나잇살이나 더 처먹고도 그따위로 답변하다니. 김이설은 생각할수록 짜증이 났다. 두 여직원은 그녀가 주장한 것들을 엉터리로 만들어 버렸다. 그녀들은 우산을 쓰고 식당에 가는 것은 봤지만 김부장이 스킨십 하는 것을 본 적이 없다고 했다. 사무실에서도 김이설의 다리를 보고 있는 것을 본 적이 없다고 했다.

위증죄가 아무리 무섭다지만 셋이서 입을 맞추면 문제될 것이 없었다. 언니란 것들이 새 가슴밖에 안 되는 것들이다. 박과장과 모여 앉아서 얘기를 나눴던 대로 무조건 김부장이 나쁜 짓을 했다는 것에 동의만 했으면 되는 거다. 그런데도 본 적이 없다. 모른다. 라니. 변호사가 피자 얘기까지 물을 줄은 몰랐다. 함께 하기로 했으니 당연히 김이설은 모두 피자를 들고 갔다고 했다. 그런데 다른 여직원들은 그런 적 없다고 했으니. 지네들만 피해가면 된다고 생각한 모양이다.

이대로 진행되면 그녀 혼자서 모든 것을 뒤집어쓰게 될 거다. 그럴 수는 없다. 그녀는 천경은을 생각하자 더욱 열불이 났다. 청소부 딸 주제에 그동안 입을 꼭 다물고 있었다니. 어쩐지 김부장이 유난히 천경은을 감싸는 것 같아서 기분이 상했었다. 가끔씩 청소부 아줌마가 불필요하게 사무실을 얼쩡거릴 때가 있었다. 그럴 때면 김부장이 청소부를 불러서 음료수까지 대접하곤 했다. 참 오지랖 넓은 남자라고 생각했다. 이제 와서 생각해보니 청소부 딸 천경은 때문이었다. 결국, 김이설만 회사를 그만 둔 꼴이다.

장대리가 과장으로 승진했다. 그가 천경은 옆에 있다. 음흉스럽게 뒤뚱거리던 박지선은 가족이 있는 고향 부산으로 보내달라고 했다. 객지인 인천에서 지내는 것보다 부산에서 근무하고 싶다는 것이다. 사건과 관련되었던 모두가 승진되고 원하는 곳에서 근무하게 되었다. 이대로 혼자 당하지는 않겠다고 김이설은 다짐했다. 어떻게든 물고 늘어져서 그들과 같이 가야 할 것이다. 물론, 이 일을 시작한 최상무도 끝까지 놓을 수 없다고 김이설은 입술을 깨물었다.

박과장이 택시를 잡아주며 걱정하지 말고 회사를 믿고 있으라고 신신당부 했다. 김부장을 쫓아내고 나서 알맹이는 그들이 모두 차지했다. 만약, 김이설이 모든 사실을 발설하는 순간 그들도 무너질 것이다. 그러니 이대로 자신을 내팽겨 두지는 않을 거라고 김이설은 굳게 믿었다. 아니, 믿어야 했다.

택시에서 내린 김이설이 원룸으로 들어갔다. 햇빛이 제대로 들어오지 않는 반지하 104호다. 최상무가 얻어줬던 오피스텔을 나온 지 벌써 여러 달 지났다.

최상무의 용돈이 끊기자 그녀 혼자서는 도저히 오피스텔을 유지할 수 없었다. 게다가 재판이 시작되자 회사마저 그만 둘 수밖에 없었다.

그녀에게 약속했던 돈은 재판이 끝나야 지불할 수 있다고 박과장이 전했다. 그 전에 주면 약점으로 물릴 수 있다고 했다. 약속했던 취업도 기다리라고 했다. 그러는 동안에 오피스텔 보증금까지 야금야금 까먹고 있었다. 그녀가 카카오톡에 썼던 '불행 끝 행복 시작'이라는 글은 지워졌다. 하는 수 없이 그녀는 이 원룸촌으로 들어왔다. 밤이 되면 일하러 나갔다. 그녀의 집과 현관을 마주하고 있는 여자를 따라서 간 곳이다.

이 동네는 유원지에서 아주 가까이 있다. 그래서 그곳 유흥업소에 종사하는 여자들이 많이 살고 있다. 물론, 그녀들에게 기생하는 깍두기도 많다. 김이설에게 치근대는 깍두기도 그곳에서 만났다. 그의 보호를 받으면 일하기는 수월하고 편할 거다. 그러나 이대로 밤의 여자로 주저앉을 생각은 없다. 그래서 아직은 망설이고 있다. 재판이 끝나면 다시 최상무의 여자가 될 거다. 아니면 손님 중에서 새로운 물주를 찾아낼 수도 있을 것이다.

38. 유혹

똑똑. 둔탁한 노크 소리가 울렸다. 고객과의 약속 시간은 아직 삼십여 분이 남아 있다. 옆 사무실을 쓰는 동료들이나 직원들의 노크 소리와는 사뭇 다른 둔탁함이 은근히 신경 쓰였다. 윤비서가 자리에 없는 모양이다. 누구지?

"들어오세요."

벌컥, 문이 열리고 감색 양복을 말끔하게 차려입은 남자가 들어왔다. 남자는 전혀 망설이지 않고 곧장 김변호사의 책상 앞으로 다가왔다.

"앞에 제 비서가 없었나 봅니다. 실례지만 누구신지요?"

자리에서 어정쩡하게 일어선 김변호사가 남자를 살피며 인사했다. 남자는 대답 대신 명함을 꺼내어 책상 위에 내려놓았다. 법무법인 법마을 인사과장 남대식은 김변호사가 권하는 대로 소파에 앉았다.

"무슨 일로 오셨습니까?"

남대식이 하얀 이를 드러내며 싱긋 미소를 지었다. 보는 사람의 기분까지 시원해질 것 같은 기분 좋은 미소다. 그렇지만 왠지 가슴이 철렁 내려앉는 기분이 드는 김변호사다.

"이렇게 작은 사무실을 운영하면서 참 힘드시겠습니다. 의뢰를 받아 봤자 큰 건도 아닐 테고 사무실 운영비나 제대로 건지실는지 원."

남대식은 맞은편에 앉은 김변호사를 약 올리기로 작정한 듯이 다리를 꼬고 앉은 채 노랑나비가 채색된 넥타이를 만지작거렸다. 그런 태도가 상대방을 매우 불쾌하게 만든다는 것을 모를 리가 없는데도 아랑곳하지 않는다. 그 안하무인격 태도를 눈치챈 김변호사가 픽 웃어버리며 콜버튼으로 비서를 호출했다.

"필요하신 일이……."

윤비서가 들어서다가 남대식을 보고는 멈칫했다. 그것은 그녀가 잠시 자리는 비운 사이를 틈타서 그가 무례하게 들어왔다는 걸 말했다.

"여기 차 좀 갖다 주세요."

김변호사는 차를 주문하면서 남대식의 용건이 가져올 파장을 짐작하고 마음을 다졌다.

"그래, 법마을 분이 누추한 곳까지 무슨 일로 방문하셨습니까?"

"하하하, 제 명함을 보셨으니 짐작 가지 않습니까? 김변호사님을 스카우트하려고 왔지요. 핫핫핫."

김변호사가 그들의 제안을 받아들이는 것이 아주 당연하다는 듯이 남대식의 태도가 여유롭다.

"허허, 뭔가 오해가 있으신 모양인데요. 제 나이가 지금 몇인 줄 알고 스카우트라는 말씀을 하시는 겁니까? 허허허. 듣자 하니 법마을에 들어가려면 특별히 유망하거나 아무리 못해도 부장 판검사 출신이어야 한다던데, 어쩌자고 저같이 나이 든 지방 변호사를 놀리려고 하십니까."

김변호사가 거절의 뜻을 밝히자 남대식의 낯빛이 변했다.

"좋소. 그럼 본론으로 들어갑시다. A그룹 사건에서 손떼시오. 이번엔 운 좋게 이겼는지 몰라도 앞으로는 다를 거요. 우리 법마을과의 소송이 어렵다는 얘긴 들어봤을 거요. 우린 곧 항소할 거요. 그러니 이쯤에서 손떼면 김변호사님은 명예를 지킬 수 있을 거요."

김변호사는 잠시 숨을 가다듬었다. 변호사 일을 하면서 다양한 일을 겪었고 상대편 변호사가 딜을 요구한 적도 여러 번 있었다. 그때마다 법의 테두리 안에서 의뢰인을 보호하는 데 최선을 다했다고 자부했다. 그런데 이번엔 아예 손을 떼라고 한다. 대기업과 대형 로펌이 손잡고 벌인 일을 훼방 놓았으니 그들에게 눈엣가시가 된 걸 게다.

사건은 누가 보더라도 처음부터 조작인 것이 분명했다. 그러나 문제는 대기업과의 싸움이라는 것이다. 게다가 법조계의 거대 로펌까지 손잡고 있다. 아주 쉽게 보였던 재판에서 패소했으니 그들의 자존심이 손상됐을 터이다.

"처음부터 쉽게 보고 가볍게 사건을 처리했던 우리 쪽 실수도 있었지만 다음에는 다를 거요. 콩 심은 데 팥이 난다고 주장해도 승소할 수 있는 실력자를 붙여줄 테니까. 이쯤에서 손떼는 게 좋을 거요. 충분히 알아들었을 거라고 믿고 가겠소."

39. 수사과장

누군가 박경사의 어깨를 쳤다. 컴퓨터 모니터를 들여다보며 심문 내용을 정리하고 있던 박경사가 고개를 들었다. 상관인 수사과장이다.

"자네 내 방으로 들어오게."

과장은 그대로 돌아서서 자기 방으로 가버렸다. 무슨 일이지? 동료들은 눈빛만 교환했다.

"자네 지금 무슨 일을 하고 있나?"

"네, 고소장이 접수돼서 조사 중입니다."

"자네 옷 벗고 싶나?"

"네? 그게 무슨 말씀이신지…."

"그 사건 대충 끝내버려. 흉내만 내라고. 알았어?"

"알겠습니다."

수사과장실을 나오는 박경사는 혼란스럽다. 대체 어디까지 해야 흉내만 내는 걸까. 누굴까? 과장에게 줄을 댄 인물이.

"이봐, 어제 자네가 조사하던 그 여자 제법 섹시하던데, 뭔 사건이야?"

옆자리의 한형사다. 저 친구야 말로 늘 성희롱을 달고 사는 인물이다. 여자라면 사족을 못 쓰는 친구다. 그 여자는 대체 뭘까. 조사관인 박경사 자신도 만지고 싶었다. 만지기만 해도 온몸에 찰싹 달라붙을 것만 같은 느낌. 여자를 생각하자 몸의 깊숙한 곳이 간질거리며 꿈틀거렸다.

박경사는 김준영이란 인물이 불쌍해졌다. 어제 조사를 하면서도 어이가 없어서 헛웃음이 나왔었다. 그런데 너무도 뻔한 사건을 가지고 박경사 자신이 그를 배신해야 한다. 수위를 어느 정도로 조절해야 할까.

박경사가 자리로 돌아갔을 때 김준영이 기다리고 있었다.

"수고 많으십니다."

김준영이 인사를 건넸다. 박경사는 그의 눈을 제대로 마주치지 못하고 외면했다.

"아 예, 김이설 씨도 곧 올 겁니다. 잠시 기다리시지요."

"감사합니다."

잔뜩 기대감에 부풀어 있는 김준영으로 인하여 박경사의 심정은 점점 불편해졌다.

김이설이 도착했다. 박경사가 그들을 조사실로 안내했다. 두 사람의 분위기는 처음부터 험악했다. 김이설은 어제 조사를 받던 그녀가 아니다. 그녀는 고개를 빳빳히 들고 김준영의 말에 맞섰다. 대체 하루 동안 무슨 일이 있었던 걸까. 박경사는 수사과장의 지시를 기억했다. 흉내만 내라 흉내만. 젠장.

박경사는 자리에 앉아서 사건처리결과 서류를 작성하기 시작했다.

40. 등기우편

초인종이 울렸다. 민숙은 초인종 소리만 들으면 가슴이 쿵 내려앉곤 했다. 대부분의 사람들은 미리 전화를 해서 약속을 정하고 방문을 한다. 하다못해 택배기사도 미리 문자를 보낸다거나 전화를 했다. 여간해서는 예고 없이 초인종을 누르거나 찾아오지는 않는다. 뿐만 아니라 예고 없는 초인종 소리는 민숙에게 재앙을 의미하기도 하는 것이다. 특히 지난 일 년 전에 울렸던 한밤중의 초인종 소리. 그와 함께 배달된 퀵서비스는 평범한 일상을 살아온 민숙에게는 날벼락이었다.

"누구세요?"

"등기우편입니다."

우편물을 받아드는 민숙의 손끝이 살짝 떨렸다.

"여보, 경찰서에서 등기 왔어요."

"어서 뜯어봐."

이 얇은 우편물 속에 그들의 희로애락이 들어있다는 것이 민숙은 서글프다. 그녀는 잠시 눈을 감고 속으로 부르짖었다.

오, 주님! 주님은 거짓을 말하는 자들을 멸망시키는 분이십

니다. 그들의 어리석은 거짓을 주께서 낱낱이 밝혀주시고 이
어둠의 고통에서 주의 자녀들을 건져내 주소서! 아멘!

우편물을 뜯었다. 달랑 세 장으로 이루어진 사건처리결과통지서다.
"읽어봐요."
민숙에게서 통지서를 받아들고 읽고 있는 김부장도 잔뜩 긴장했다.

○○경찰서

제 2013-00000호   2013. 03. 06
수신 : 김준영 귀하
제목 : 사건처리결과통지

귀하와 관련된 사건이 다음과 같이 처리되었음을 알려 드리며, 빠
른 피해 회복을 기원합니다.

접수일시	2013. 1. 15.	접수번호	2013-000000
진행상황	1. 송치(0): 인천지방검찰청(☏:) 2. 이송( ): (☏:) 3. 종결( ) ※내사편철, 미제편철, 즉결심판청구 등 선택 기재		
주요내용	내용이 많으니 별지를 참고하시기 바랍니다.		
담당자	경사 박경진	소속 및 문의처	경제3팀 032-000-0000

※피해회복에 도움이 되는 각종 제도

- ◦ 범죄피해자 구조 신청제도(범죄피해자보호법)
- ◦ 의사상예우 등에 관한 제도(의사상자예우에 관한 법률)
- ◦ 범죄행위의 피해에 대한 손해배상명령(소송촉진등에 관한 특례법)
- ◦ 가정폭력 · 성폭력 피해자 보호 및 구조
- ◦ 무보험 차량 교통사고 뺑소니 피해자 구조제도(자동차손해배상보장법)
- ◦ 국민건강보험제도를 이용한 피해자 구조제도
- ◦ 법률구조공단의 법률구조제도(국번 없이 132 또는 공단 지부 · 출장소)
- ◦ 국민권익위원회의 고충민원 접수제도(상담전화 1588-1517)
- ◦ 범죄피해자지원센터(국번 없이 1577-1295)

○○경찰서장

별지

【주요내용】
　귀하께서 피고소인 김00을 상대로 위증 및 명예훼손으로 고소하였으나 위증 혐의에 대하여 불기소(혐의없음) 의견이고, 명예훼손 혐의에 대하여는 기소(불구속) 의견으로 송치하니 이점 양지바랍니다.

"이게 뭐야? 그런 식이면 여자와 남자가 한 공간에서 어떻게 일할 수 있겠냐고 조사관 본인이 말해놓고도 이제 와서 위증 혐의가 없다니. 그나마 명예훼손은 기소한다는구먼. 그것도 불구속으로."

"그럼 이제 어떻게 될까요?"

"일단 기다려 보자구. 명예훼손으로 기소했으니 저쪽에서 어떻게 나오는지 지켜봐야지. 사건이 점점 커지는 게 싫으면 빨리 해결하려고 하겠지."

41. 뒤집기 한판

박경사가 호출을 받고 수사과장실을 두드렸다. 문을 열고 들어서자 과장이 전화를 받고 있었다.

"죄송합니다. 곧 바로잡도록 하겠습니다."

"…."

"예, 염려 마십시요. 제가 잘 처리하겠습니다."

통화를 마친 수사과장이 손에 들고 있던 서류를 박경사에게 던졌다. 하얀 종이가 날아와서 박경사의 이마에 부딪쳐서 바닥에 떨어졌다. 박경사가 움칫하며 멈췄다.

"뭐야? 자네 대체 뭔 짓을 한 거야? 흉내만 내라고 했잖아? 흉내만."

수사과장이 붉으락푸르락 하는 얼굴로 호통을 쳤다.

"과장님께서 그렇게 말씀하시기에 흉내만 낸다고 약하게 처리했습니다."

"뭐야? 그런데도 기소했어?"

"사안이 너무 분명해서요. 다른 것은 무혐의로 처리하고 명예훼손만 불구속으로…."

"이런, 답답한 친구 같으니. 당장 다시 처리해."

"이미 통지문을 발송했는데요."

"다시 갖고 오라고 해. 이거 잘못하면 나도 자네도 끝장이야. 알겠어?"

"예, 알겠습니다."

박경사는 속이 부글부글 탔다. 이미 보낸 결과통지를 어떻게 변경한단 말인가. 이런 일은 전무후무 할 텐데. 젠장.

사무실로 돌아왔을 때, 퇴근시간이 한참 지나서 다른 조사관들은 이미 퇴근해 버렸다. 박경사는 김준영에게 전화를 했다.

"○○서 박경사입니다."

"예, 수고 많으셨습니다. 오늘 사건처리결과통지문을 받았습니다."

"그런데 문제가 좀 생겨서요. 미안하지만 내일 아침에 그 통지문을 제게 가져다주셔야 합니다."

"예? 그게 무슨…."

"암튼, 내일 아침에 꼭 가져오셔야 합니다. 이만 전화 끊겠습니다."

전화가 끊겼다. 얼떨결에 전화 통화를 한 김부장은 무슨 일인지 이해가 되지 않았다. 아무래도 수상하다. 그는 변호사에게 전화해서 상황을 설명했다. 변호사가 그런 일은 있을 수도 없고 이전에도 없었다고 했다. 그렇지만 혹시 모를 일이니 서류를 가져다주기 전에 복사를 해놓으면 좋겠다고 했다.

다음 날, 박경사는 얼굴빛이 굳은 채 김부장을 맞았다.

"절차상 문제가 생겨서 다시 보내드릴 테니 서류를 제게 주십시요."

김부장이 떨떠름한 표정으로 서류를 건넸다.

"돌려달라고 하니 가져왔지만 참 이상하군요. 잘 처리하실 거라고 경사님을 믿고 드리는 겁니다."

"미안합니다."

"미안하긴요, 다시 잘 처리해 주시면 되지요."

김부장은 더 하고 싶은 말이 있는 것처럼 주춤거리고 있다. 그런 그가 박경사는 불편하기 짝이 없다.

"그럼 이만 가보세요. 곧 다시 보내드리겠습니다."

당연히 위증도 기소를 했어야 했다. 그게 빠져서 다시 보내겠다는 걸까. 하지만 불편해 보이던 좀 전의 박경사 얼굴이 자꾸 아른거린다. 영 찜찜한 기분이다. 경찰서 문을 나서는 김부장은 애꿎은 뒤통수만 문질러 댔다.

42. 설날

　재판을 하는 동안 해가 두 번이나 바뀌었다. 지난 이 년은 참으로 끔찍했다. 김부장은 가족들 외에는 친지들 그 누구에게도 말하지 못했다. 아내도 역시 친정 엄마는 물론 형제들에게 말하지 못한 채 만남을 기피했다. 평소 친척들에게 후하게 해줬던 만큼 사정을 모르는 사람들은 그들이 매몰차게 변했다고 원망했다. 그들은 죄인 아닌 죄인이었다.

　설날이다. 명절 내내 한파가 한반도를 강타했다. 며칠 전 내린 눈이 그대로 얼어버렸다. 시내는 명절 분위기를 느낄 수 없이 썰렁했다. 김부장은 큰형네서 저녁술자리를 했다.

　"왜 이렇게 얼굴 보기 힘드냐?"

　"그냥 살다보니 그렇게 되네요."

　"다른 사람들도 다 바빠. 서로 얼굴은 보고 살아야지."

　"그래야죠."

　여동생이 계속 언짢은 표정을 하고 있다가 한 마디 거들었다.

　"요즘 엄마가 자꾸 아프셔. 생활비는 왜 안 보내는 거야?"

"준영이가 보내던 만큼 내가 더 보내고 있잖니?"

김부장의 사정을 알고 있는 큰형이 말했다.

"그거야 큰 오빠가 보내는 거고, 작은 오빠는 왜 안 보내는 거냐고. 우리 수지 어학연수 보내야 한단 말이야. 그러니 전보다 두 배로 보내줘."

"뭐? 수지 어학연수 보내는 것 하고 엄마 용돈 보내는 거 하고 대체 뭔 상관인데?"

여동생의 말을 이해 못한 큰형이 나섰다.

"그럼 월급쟁이 월급으로 연지랑 수지를 어떻게 어학연수 보낼 수 있어? 오빠들이 좀 보태줘야 하는 거 아냐?"

"그게 대체 무슨 되먹지 못한 말이야. 자기 분수껏 살고 어학연수를 보내고 싶으면 네 능력으로 보내야지, 그걸 왜 우리한테 말하는 거야? 그럼, 그동안 엄마 생활비 보낸 거 통장 관리 하라니까 그걸로 연지 어학연수 보낸 거냐?"

"엄마가 나한테 알아서 쓰라고 했어. 어차피 그 돈으로 엄마 시장 봐다드리고 있잖아."

큰형이 어이없다는 표정으로 여동생을 바라봤다. 김부장은 지난이 년 동안 생활비를 제대로 보내지 못했다는 미안함으로 자리를 피하곤 했다. 그런데 그동안 보냈던 엄마의 생활비가 조카의 어학연수비용이었다니 더욱 기가 막혔다.

엄마의 집은 여동생 집과 같은 아파트단지에 있다. 여동생 가족은 조카들이 자라서 초등학교에 입학할 때까지 엄마 집에서 함께 살았다. 직장에 다니는 여동생 대신에 엄마가 조카들을 키워준 것이다. 아이들이 자라고 좀 더 넓은 집이 필요해지자 여동생은 같은 아파트 단지의 다른 동에 넓은 집을 사서 이사했다. 조카들은 학교에서 돌아오면 엄마 집에서 밥을 먹고 학원도 가며 지내다가 저녁에 여동생네가 퇴근하면 온 가족이 함께 저녁까지 먹고 집으로 돌아갔다. 이제 엄마는 노쇠해졌다. 그렇지 않아도 외출을 극도로 싫어하는 엄마였다. 하물며 노약해진 지금은 오죽하랴. 엄마는 은행 거래도 생필품 구매도 모두 여동생에게 맡겼다.

듣고 있던 민숙이 나섰다.

"우리 애들은 대학생인데도 어학연수는커녕 방학 때 잠시 여행 다녀오겠다는 것도 못 보냈어요. 연지하고 수지는 이제 겨우 중학생인데 정말 너무하네요."

"못 보낸 건 작은오빠네 능력이지 내가 뭘 너무하다는 거야. 아무튼 엄마 생활비 올려줘."

"정말 해도 너무하네. 지금 우리가 어떤 상태인지 알기나 해요?"

아무래도 민숙이 터트릴 것만 같다.

"여봇!"

김부장이 잔뜩 일그러진 얼굴로 아내를 불렀다. 그를 돌아보는 민숙은 금세라도 울음이 터질 것만 같다.

"바람 쐬고 올게요."

아내가 시베리아 한랭기류에 뒤덮인 아파트를 뒤로하고 나갔다.

43. 마이너스

민숙은 더 이상 견디기 힘들다. 딸들은 학교를 휴학했다. 딸들이 아르바이트로 벌어봤자 저들의 교통비와 용돈밖에 되지 않는다. 생활비는 민숙의 마이너스 통장에서 나왔다.

좀 더 절약하지 않고 살았던 것이 민숙은 후회스럽다. 아니, 악착같이 살지 못했던 것이 후회되었다. 나름대로 아끼고 절약한다고 생각했지만 돌이켜보니 그렇지만도 않았다. 유달리 책임감이 강한 남편이니 만큼 가족의 생계는 걱정하지 않았다. 민숙이 강의하고 받는 돈은 그녀 자신의 용돈조차 모자랐다. 그녀는 학교나 단체 같은 곳에서 요청을 받고 금연강의를 했지만 돈을 받고 강의하는 것보다 무료로 봉사할 때가 훨씬 즐겁고 행복했다. 지난 삼십 여 년 동안 남편의 월급은 단 한 번도 빠짐없이 그녀의 통장으로 들어왔다. 남편의 능력을 믿었던 만큼 월급은 정년퇴직까지 당연히 계속될 줄만 알았다.

그동안 그들은 여러 단체에 후원금을 내고 있었다. 남편과는 상관없이 민숙 자신도 여러 곳에 후원금을 냈다. 그것은 사회의 일원으로서 마땅히 해야 할 일이라고 생각했다. 생활비를 줄이려다보니 그 금액은 의외로 꽤 많은 액수를 차지했다.

그녀는 허리띠를 조르고 또 졸랐다. 제일 먼저 한 것은 보험증권의 정리였다. 주위의 권유를 뿌리치지 못하고 들어둔 보험이 제법 되었다. 물론 해약금은 쥐꼬리만도 못했다. 그 다음은 후원금을 줄였다. 꼭 해야 할 곳이 아니라고 생각되면 과감히 중단했다.

그렇지만 홀로 지내는 친정엄마를 모른 척 할 수는 없다. 아버지가 암 투병을 하다가 돌아가시자 친정의 가세가 급격히 곤두박질쳤다. 이혼한 남동생은 술로 세월을 보내다가 직장까지 잃고 폐인이 되다시피 했다. 아버지가 돌아가시고 나자 친정엄마는 떼쟁이 어린아이 같다. 자식들이 어떻게 사는지는 관심이 없다. 오로지 당신 자신에게만 관심을 두었다. 민숙은 매일같이 어깨가 아프고 다리가 아프고 허리가 아프다고 투덜대는 엄마를 모셔다가 병원에서 검진했다. 운동 부족으로 어깨근육이 뭉쳤다고 했다. 입원해서 검사하는 동안 친정엄마는 입맛이 없어서 병원 밥을 먹을 수 없다고 했다. 날마다 입에 맞는 음식을 사다줘야 했다. 심지어 얼마 전에는 외로워서 견딜 수가 없다며 민숙에게 시골로 내려와서 같이 지내자고 했다. 딸에게 남편이 있고 손녀가 있는 줄 뻔히 알고 있으면서 자신만을 돌봐달라는 친정엄마 때문에 민숙은 더욱 지쳤다. 제발, 자신만은 딸들에게 그런 엄마가 되지 않겠다고 다짐하고 또 다짐했다. 그러니 시어머니의 용돈을 갖고 시누이가 타박해도 민숙은 할 말이 없다.

마이너스 통장은 계속 곤두박질쳤다. 그마저도 이제는 바닥나고 이자만 눈덩이처럼 불어나고 있다. 다음 달부터는 당장 카드론을 써야 할 형편이다. 민숙은 몇 달 전부터 남편 모르게 식당에서 설거지

하는 일자리를 구했다. 오후 내내 구정물에 손을 담근 채 허리를 펴지 못하고 일해도 그녀의 수입은 생활비를 하기에 턱없이 부족하다. 그녀가 기대하는 것은 회사가 항소를 포기해서 남편이 복직하는 것 뿐이다. 그러면 그동안 받지 못했던 남편의 월급으로 빚을 갚을 수 있을 거다. 그런데, 경찰은 왜 결정문을 돌려달라고 했을까.

44. 번복

초인종 소리에 나갔던 김부장이 우편물을 손에 들고 들어왔다. 소파에 앉아서 우편물을 뜯어보던 김부장의 얼굴이 하얗게 질렸다.

"대체 왜 그래요?"

"세상에! 어떻게 이런 일이 있을 수가 있는 거지?"

김부장이 부들부들 떨면서 아내에게 우편물을 건넸다. 우편물을 건네받아서 들여다본 민숙이 흥분해서 통지문을 마구 흔들었다.

"아니, 이건 말이 안돼요. 기소한다던 통보가 어떻게 며칠 사이에 무혐의로 번복되는 거죠? 그동안 대체 무슨 일이 있었기에 이럴 수가!"

그들 부부는 망연한 표정으로 서로를 바라봤다. 이건 아니다. 대체 뭔 일이 있었던 걸까. 법정에서 위증했던 명백한 증거가 있다. 그들의 조작이 법정에서 드러났으니 당연히 위증일 뿐더러 명예훼손이다. 그런데도 무혐의라니. 그것도 처음 통보했던 것을 번복까지 하면서. 이건 분명한 음모다. 그리고 보니 며칠 전 신문을 들여다보던 아내가 말했다.

"어? 여보, 법마을에서 복지재단을 만들었대요. 그리고 대법관 출신이 이사장으로 취임했어요."

"흠, 아마 전관예우일거야."

"여보, 혹시 우리한테 불리해지는 건 없겠죠?"

"불리하긴, 이미 법정에서 판결났는걸. 게다가 항소를 못하게 하려고 우리가 경찰에 고소한 거잖아. 대한민국 법조계가 아무리 썩었대도 그런 일은 없을 거야."

"그렇겠죠?"

그때 아내가 말끝을 흐렸었다. 그렇다. 세상 사람들이 로펌 로펌 떠들어대도 설마 했다. 아무리 로펌의 영향력이 크다고 해도 정의를 외면할 수는 없다고 생각했다. 경찰에서 조사를 마치고 나오던 날, 김이설을 기다리고 있던 법마을 변호사와 박과장을 봤다. 그들이 또 무슨 일을 꾸미는 걸까 싶어서 마음 한편에 불안이 싹텄지만 있을 수 없다고 치부해 버렸다. 그런데 이런 말도 안 되는 일이 생겼다. 경찰서에 전화했다. 담당했던 조사관 박경사는 휴가 중이라는 답변뿐이다.

그대로 당하고 있을 수는 없다. 김부장이 경찰청 감사실에 탄원서를 제출한 다음날, 박경사에게서 전화가 왔다.

"휴가중이시라더니 어쩐 일이십니까?"

"정말 미안하게 됐습니다."

"허! 미안하다니요? 미안한 줄은 알고 하신 겁니까?"

"어쩔 수 없었어요. 그러니 제발 탄원서를 취소해 주십시오."

"어쩔 수 없었다니요? 왜요?"

"저야 위에서 시키는 대로 할 수밖에 없는 입장입니다. 그러니 부탁합니다. 제발 취소해 주세요."

박경사의 음성이 다급했다.

"위에서 시켰다니요? 대체 어느 선에서 지시했는지 몰라도 이렇게 끝나도록 그냥 있지는 않을 겁니다. 고양이에게 생선가게를 맡기는 것도 아니고 소위 민중의 지팡이라는 경찰에서 국민은 안중에도 없고 소신도 없이 윗선의 눈치만 보고 사건을 처리했다는 거지요?"

"정말 미안합니다. 제 입장을 헤아려서 제발 취소해 주세요."

"취소요? 박경사님은 취소가 전문이십니까? 일을 그렇게 만들어 놓고 취소라니요."

"김선생님께서 얼마나 억울하고 기막힐지 잘 압니다. 그렇지만 위에서 하지 말라고 하면 어쩔 수 없는 제 입장 좀 생각해 주십시오. 아시잖습니까. 부끄럽지만 저희에게는 수사권이 없어요."

박경사에게 가해졌을 압력과 난처한 입장이 눈에 보일 것만 같다. 그렇지만 이해한다고 해서 그냥 넘어갈 수 있는 문제가 아니다.

"직접 조사해보셔서 잘 아실 겁니다. 오죽 억울하면 제가 경찰에 고소했겠습니까? 그런 제 입장을 생각해 보시죠. 윗선의 압력을 받은 박경사님도 힘들겠지만 하지도 않은 성희롱 누명을 쓰고 저처럼 삼십년 다닌 회사에서 쫓겨난 사람의 심정을 헤아려주셨으면 합니다. 그럼 이만 전화 끊겠습니다."

김부장은 전화를 끊고 나서도 한참동안 거실을 서성거렸다. 조직의 힘이 얼마나 무서운지 다시금 몸서리치게 깨달았다. 박경사는 윗선의 지시를 받았다고 했다. 경찰의 조사관이 윗선의 지시로 자신이

했던 조사 결과를 번복했다. 지난 세월 민주화 과정을 거치면서 공권력도 많이 달라졌다고 생각했다. 그러나 법과 공권력 앞에서 모든 국민이 평등하기엔 아직도 멀고 먼 현실이라는 것을 본인이 직접 당하고 나니 알게 되었다. 그러니 기업의 일개 말단 직원들이야 말할 필요도 없이 상부의 지시에 따랐을 거다. 대체 그들의 힘은 어디까지 미치고 있는 걸까. 재판의 승소로 꽉 막혔던 가슴이 뚫린 지 이제 겨우 한 달이다.

저들이 조직적으로 자신에게 누명을 씌웠다는 것은 알고 있었다. 그렇지만 이렇게까지 철저히 매장시키려고 할 줄은 차마 생각하지 못했다. 김부장은 사건을 너무 단순하게 생각했다는 것을 알았다. 자신이 정당한 만큼 재판을 마치고 나면 당연히 회사에 복귀할 수 있다고 생각했다. 김부장이 복귀하는 날 그들의 조작이 만천하에 드러날 것인데 저들은 결코 김부장이 회사에 복귀하도록 기다려줄 리가 없다.

유난히 추운 겨울이다. 평소 추위를 모르고 지냈던 김부장이다. 침대에 온수난방을 했어도 김부장의 가슴은 시리고 추웠다. 춥다고 느껴지자 그는 더욱 웅크리고 침대를 벗어나지 않았다. 그는 침대에 누운 채 생각하고 또 생각했다. 어떻게 해야 저들의 모함에서 벗어날 수 있을까.

며칠 뒤, 박경사는 경고 처분을 받고 파출소로 이동되었다. 그뿐이었다. 박경사에게 지시한 사람은 검은 장막 속에 숨어버렸다. 낙담하면 낙담할수록 고립무원이 되고 있었다.

45. 강선배

판결을 받고 두 달 안에 항소하지 않으면 1심 판결이 확정된다. 기다리는 동안, 날마다 시간마다 일분일초가 김부장에게는 고문이다. 서울고등법원의 재판 일정 통보를 받은 것은 벚꽃이 온 세상을 하얗게 물들일 무렵이다. 그들은 가능하면 재판을 지연시키려고 항소 시한을 꽉 채워서 고등법원에 항소했다.

김부장의 휴대폰이 깊은 잠에서 깨어나서 요란하게 울렸다.

"어떻게 지내는 지 궁금해서 걸었다네."

김부장이 부서에 처음 발령받았을 때 함께 근무했던 강선배다. 김부장은 반가움에 눈물이 왈칵 솟구칠 뻔 했다.

"형님!"

"많이 힘들지?"

"형님한테 피해가 될까봐 연락도 못 드렸습니다."

"피해는 무슨…, 지난달에 정년퇴직 했다네."

"아! 그렇군요. 정년퇴직하신 것 축하드립니다."

"하하하. 만년 과장으로 퇴직했는데 축하라니 좀 쑥스럽구만."

"요즘 같은 시대에 정년까지 근무하신 것도 대단한 거지요."

"그동안 연락 못해서 미안하네. 이해해 주시게."

"이해하다마다요. 회사에 몸담고 계신 입장에서 어쩔 수 없었다는 거 잘 알고 있습니다."

"그렇게 말해줘서 고맙네. 오늘 시간되면 점심식사라도 같이 할 수 있을까?"

"그러지요, 요즘엔 있는 건 시간밖에 없습니다. 하하하."

"하하하, 그건 나도 마찬가지야."

김부장은 전화를 끊고 외출준비를 서둘렀다. 한동안 현관 밖에 나가지 않았던지라 수염이 더부룩했다. 그는 오랜만에 면도를 하며 거울 속에 비친 자신을 바라봤다. 수척해진 얼굴에 머리숱까지 뭉텅 빠져버렸다. 낯설다. 마치 오래전 돌아가신 아버지를 보는 것 같다. 그런 생각을 하다가 깜짝 놀랐다. 겨우 중년일 뿐인데 노인의 얼굴이 되어버린 자신을 거울 속에서 발견한 것이다. 치아가 상해서 앞니까지 검게 변색되어 버렸다. 충치도 아닌데 치아가 시커멓게 변하다니. 김부장의 가슴속에서 또다시 분노가 이글이글 타오르고 있었다.

"여어, 여기야."

약속 장소인 추어탕집에 들어서자 구석자리에 앉아 있던 강선배가 손을 번쩍 들었다.

"형님, 오랜만입니다."

"얼굴이 많이 상했구만. 맘고생이 오죽했는지 얼굴만 봐도 알겠네."

강선배가 김부장의 손을 잡으며 안쓰러워했다. 김부장은 눈시울이 뜨거워졌다. 이 년 전, 회사 정문에서 출근을 제지당하고 나서 함께 일했던 동료들과도 연락이 끊겼다. 그들도 다양한 명목으로 감사를 받았던 것이다. 그들의 입장은 충분히 이해되었지만 섭섭한 마음은 어쩔 수 없었다.

"미안하네. 퇴직하고 나서야 전화를 했으니 그동안 많이 섭섭했을 거야."

"압니다. 그 무렵 감사 받느라고 두세 달씩 밤샘했던 사람이 많았지요. 저도 두 달 동안 감사를 받았고, 잘 넘겼다고 생각했지요. 그 다음에 누가 이런 말도 안 되는 일을 꾸밀 거라고는 상상도 못했죠. 어이없이 당하는 제 꼴을 보고 누군들 몸 사리지 않았겠어요."

"그래. 그랬었지. 정말 살벌했어. 나야 만년 과장인데다 곧 정년퇴직을 앞두고 있었으니 건드릴 필요가 없었지만, 사실 아까운 사람들이 많이 당했지."

김부장은 대답을 못하고 한숨만 내쉬었다.

"그런데 대체 뭘 어떻게 했다는 건가? 조작이라는 건 알지만 대체 어떤 식으로 조작했는지 궁금하더군. 서로 쉬쉬 하니 누구한테 물어볼 수도 없고 말야."

김부장이 안쪽 주머니에서 서류를 꺼내어 강선배에게 건넸다.

"한번 읽어보세요. 제가 그런 짓을 했다네요."

김부장이 건넨 것은 여직원들이 썼다는 진술서다. 강선배가 눈으로 훑어보다가 김부장을 불렀다.

"아니, 자네 몰랐나?"

"예? 무슨….""허 참, 이걸 봐. 이거 세 개 글씨가 다 같아."

강선배가 진술서를 들고 흔들며 어이없다는 표정이다.

"예? 설마!"

"이거 봐. 여기 김이설이 쓴 건 글씨가 작아. 천지은이 썼다는 건 글자가 좀 클 뿐이야. 그리고 또 이건 글자 간격만 넓게 했구만."

김부장이 놀라서 진술서를 받아들고 자세히 들여다봤다. 다시 들여다보니 동일인이 썼다는 것을 확연히 알 수가 있다. 혹시나 해서 들고 나온 거였다. 그렇게 단순한 것을 지금껏 그 누구도 생각하지 못했다. 그때는 너무 기막혀서 진술서를 다시 들여다볼 엄두도 못 냈다. 그 내용에만 황당해서 억울하고 분개했을 뿐이다. 읽을 때마다 얼굴이 벌겋게 열이 나고 가슴이 쿵쾅거려서 다른 것은 살펴볼 생각도 못했다. 이런 어이없는 조작극에 끌려 다녔다고 생각하니 김부장은 자기 자신에게 화가 났다. 이렇게 어리석을 수가 있다니.

46. 흑암

'하나님이 나를 진흙 가운데 던지셨고 나를 티끌과 재와 같게 하
셨구나. 내가 주께 복을 바랐더니 화가 왔고 광명을 기다렸더니 흑암
이 왔구나.'

민숙은 하나님께 부르짖던 욥의 기도를 떠올렸다. 순간, 깨달았다.
죄가 없다고 생각했는데 그것이 바로 죄였다. 교만했다. 자신에게 주
어진 것들이 노력의 대가라고 생각했다. 하나님이 허락하지 않으면
있을 수 없다는 것을 잊고 살았다. 밤새 무릎 꿇고 기도하던 민숙은
아예 엎어진 채 흐느꼈다. 창밖은 이미 환한 아침이다. 출근을 서두르
는 이들의 부산스런 발걸음 소리가 들렸다. 민숙의 집은 아침에 출근
하는 사람이 없어서 여전히 깊은 어둠에 잠겨있다.

　도대체 왜? 무엇 때문에? 어디서부터? 잘못된 걸까. 1심 재판만 끝
나면 남편이 회사로 돌아갈 줄 알았다. 그런데 회사 측은 재판 결과
에 승복하지 않고 항소했다. 그들은 남편의 정년퇴직 시기를 기다리
며 재판을 질질 끌고 있다. 사건을 조작했다는 증거는 이미 여러모로
드러났다. 그런데도 항소라니. 대체 남편이 얼마나 미웠기에 저토록

복직을 훼방 놓는 걸까. 왜지? 남편이 회사로 돌아가면 그들의 악행이 만천하에 그대로 드러나기 때문일까. 혹시? 성희롱 같은 추한 짓을 하지 않았다고 해도 남편에게 다른 문제가 있는 것은 아닐까. 고개를 들기 시작한 의구심이 민숙의 머리를 스멀스멀 어지럽혔다.

대체 남편은 어떻게 살았기에 이런 일이 생겼을까. 민숙이 알고 있는 남편은 정직했다. 그는 늘 자기보다 어려운 사람을 먼저 배려하고 자기 자신보다 남을 먼저 생각하는 사람이었다. 그는 가족들도 그러하기를 바랐다. 그로인하여 결혼 초기에는 여러 번 말다툼도 했다. 민숙도 딸애들도 김부장에게 섭섭한 마음이 들면서도 한편으로는 존경스러웠다. 그런 사람이 딸보다도 어린 여직원들에게 나쁜 짓을 했다는 걸 민숙은 도저히 믿을 수 없다. 그는 직원들의 생일까지 수첩에 적었다가 민숙에게 선물을 준비해 달라고 했다. 그런 그가? 그녀는 믿었던 남편의 살아온 날들조차 의심스럽기 시작했다.

재판은 지난 이 년 동안 계속되었다. 그러는 사이에 남편은 비틀어 짜낸 빨래조각처럼 바짝 말랐다. 무성하던 머리카락도 정수리 부근이 휑뎅그레졌다. 1심에서 승소하고 환하게 웃었던 것도 잠시, 남편은 저들이 고등법원에 항소했다는 소식을 듣고는 며칠 동안 방에서 두문불출했다. 그가 다시 나왔을 때는 그나마 조금 남아 있던 머리카락마저 하얗게 변했다. 며칠사이에 노인의 형상으로 완전히 변해버린 것이다. 민숙뿐만 아니라 딸애들도 소스라쳤다. 그 끔찍한 모습을 보고나자 민숙은 의심스럽고 원망스럽던 남편에 대한 마음이 싹 달아났다.

외부와 차단된 두꺼운 커튼 사이로도 아침의 빛이 희뿌옇게 보였다.

47. 기도

"여보, 오늘은 나랑 같이 교회에 가요."

아내가 뜬금없이 말했다. 아침부터 뭔가 할 말이 있는 듯이 머뭇거리던 그녀다.

"뭐? 내가 왜… 당신이나 가면 되지."

김부장은 귀찮다는 생각부터 들었다. 대충 얼버무리며 그 자리를 피하고 싶다. 평상시에는 그 정도 말하면 물러서던 아내다. 오늘은 달랐다.

"아뇨. 더 이상 기다릴 수 없어요. 지금까지 당신이 자발적으로 나서길 기다렸어요. 내가 아무리 기도해도 당사자인 당신의 기도가 필요해요."

아내가 단호한 눈빛으로 말했다.

"내가 뭐, 기도 같은 걸 어떻게 해. 난 그런 거 몰라."

"그냥 당신이 하고 싶은 말을 그분께 낱낱이 말하면 돼요. 그분은 지금 우리의 상황을 다 알고 계셔요. 당신이 직접 기도하길 기다리신다구요."

아내는 전에 없이 집요했다. 하긴, 아내가 교회에 가버리고 나면 혼자 남아서 이전에 봤던 TV프로그램을 보고 또 보게 될 김부장이다. 지금, 그는 사람이 그립다.

"알았어. 그냥 따라가서 앉아만 있으면 되는 거지?"

"네. 앉아만 있어요."

김부장은 못이기는 척 승낙하고 화장실로 갔다. 치약을 듬뿍 묻혀서 이를 닦다가 멈칫했다. 거울 속에서 폭삭 늙은 사내가 그를 노려봤다. 저게 나란 말인가. 중후하게 나이 들어가던 대기업 부장의 모습은 온데간데 없다. 다리에 힘이 빠져서 털썩 주저앉았다. 도저히 그대로 서 있을 수가 없다.

"여보, 왜 이렇게 오래 걸려요? 이러다가 예배 시간에 늦어요."

아내가 화장실 문을 두드렸다. 그 소리에 김부장은 정신이 들었다. 화장실 바닥에 주저앉은 채 넋을 놓고 있었던 모양이다. 세면대를 잡고 겨우 일어나서 면도를 마쳤다. 아내가 화장실 문 앞에서 기다리고 있었다.

"당신 괜찮아요? 안색이…."

"응, 좀 기다려. 곧 준비할게."

방으로 들어가는 김부장의 구부정한 등을 민숙이 걱정스런 표정으로 지켜봤다. 그녀는 남편의 구부러진 등도 파리한 얼굴도 걱정스럽다.

민숙이 운전했다. 예배는 이미 시작되어 있었다. 오래전 김부장이 세례를 받았던 교회다.

너 시험을 당해 범죄치 말고 너 용기를 다 해 곧 물리쳐라 너 시험을 이겨 새 힘을 얻고 주 예수를 믿어 늘 승리하라 우리 구주의 힘과 그의 위로를 빌라 주님 네편에 서서 항상 도우시리 주님 네 편에 서서 항상 도우시리~~~

성가대의 찬양 소리가 예배당 안에 웅장하게 울려 퍼졌다. **주님 네 편에 서서 항상 도우시리~~~** 김부장의 가슴이 뭉클해지며 눈시울이 뜨거워졌다. 아무렇지 않은 척 눈을 깜빡거렸다. 목사님이 설교하려고 강단에 올라갔다. 아, 김부장의 가슴에서 탄성이 울렸다. 오래전 그에게 세례를 줬던 목사님이다. 반가운 마음에 또다시 울컥했다.

이렇게 편안할 줄 알았으면 진즉 교회에 올 것을.

"하나님 말씀을 교독하겠습니다."

목사님이 성경을 낭독하자 성도들이 화답했다. 김부장도 강단위에 있는 커다란 화면을 보면서 따라했다.

너는 전능자의 징계를 업신여기지 말지니라 / 하나님은 아프게 하시다가 싸매시며 상하게 하시다가 그의 손으로 고치시나니 / 여섯 가지 환난에서 너를 구원하시며 일곱 가지 환난이라도 그 재앙이 네게 미치지 않게 하시며 / 기근 때에 죽음에서, 전쟁 때에 칼의 위협에서 너를 구원하실 터인즉 / 네가 혀의 채찍을 피하여 숨을 수가 있고 멸망이 올 때에도 두려워하지 아니할 것이라.(욥기 5장)

김부장의 머릿속이 하얘졌다. **네가 혀의 채찍을 피하여 숨을 수가 있고 멸망이 올 때에도 두려워하지 아니할 것이라. 혀의 채찍을 피하여 숨을 수가 있고 혀의 채찍을 피하여 숨을 수가 있고 혀의 채찍을 피하여 숨을 수가 있고.** 머릿속에서 같은 말이 계속 울려 퍼졌다. 목사님이 하시는 설교 말씀도 그에게는 들리지 않았다. 계속 들려오는 구절에 정신을 차릴 수가 없다. 정신을 차리고 보니 텅 빈 예배실에 아내와 단 둘이 남아 있다. 아내가 걱정스런 표정으로 그를 지켜보고 있었다.

"여보, 괜찮아요? 당신이 넋을 놓고 있어서…."

"…, 당신은 안 들려? 귀에서 자꾸 소리가 들려."

"네? 무슨 소리가 들린다고 해요."

"혀의 채찍을 피하여 숨을 수가 있고…."

아내의 동공이 커다랗게 확장됐다.

"여보, 기도해요. 주님이 당신에게 말씀하시는 거야."

아내가 김부장의 손을 맞잡고 무릎을 꿇었다.

"사랑의 주 하나님, 살아계셔서 저희들의 간구를 들어주시는 하나님 아버지, 감사합니다. 지난 시간 동안 뜻하지 않은 환난에 빠져서 고통 받는 저희들을 기억하시고 불쌍히 여겨주시옵소서. 주님은 저희들을 아프게 하시다가도 그 상처를 꿰매고 어루만져 치유하시는 분이십니다. 그 모든 것들은 저희들의 교만함을 깨우쳐주시려고 이 같은 고통을 주신 줄을 이제야 알겠나이다. 저희들을 이 고통에서 구원하려 하시는 주님, 이제는 더 이상 저들의 혀끝에서 나오는 거짓된

말로 고통 받지 않겠습니다. 뱀처럼 간악한 자들의 혀가 만들어낸 이 고통에서 주님이 저희들을 지켜주실 것을 믿으며 이제는 두려워하지 않겠습니다. 분노가 미련한 자를 죽이고 시기가 어리석은 자를 멸한다고 하셨는데도 저희들은 분노를 억제하지 못하고 증오심만 키우며 지냈습니다. 주께서는 교만함을 물리치라고 하셨는데 그 말씀을 잊고서 오로지 저희들의 정직함과 억울한 것만 주장했습니다. 그 모든 저희들의 허물을 용서하시옵소서. 주께서는 저희들의 억울함도 아시고 뱀 같은 입술로 저희들을 어두운 구렁텅이에 빠트린 자들의 사악함도 아시오니, 이 모든 일들을 주께서 공평하게 처리하여 주시옵소서. 주님은 좌로나 우로나 치우지지 않고 언제 어디서나 함께 하신다고 하셨는데, 그 말씀을 잊고 살았던 지난날을 용서하여 주시옵소서. 저 사악한 자들이 휘두르는 혀의 채찍을 피하여 숨게 해주실 우리 주님께 감사와 찬송을 드립니다. 이처럼 어리석은 일을 꾸민 자들의 어두운 영혼도 용서하옵시고, 생명의 빛으로 모두를 구원하여 주시옵소서. 이 모든 저희들의 기도를 들어주시는 아버지 하나님, 우리 주 예수그리스도의 이름으로 기도드렸습니다. 아멘."

민숙이 소리 내어 기도하는 동안 김부장의 뺨에는 주체할 수 없는 눈물이 흘렀다. 기도를 마친 그들은 서로를 부둥켜안고 한참동안 울었다.

48. 위조

김부장이 신청했던 진술서 필적 감정 결과가 나왔다. 99% 한 사람의 필체임이 드러났다. 어이가 없다 못해 허탈했다.

"변호사님, 이게 대체 말이 됩니까? 지금껏 저들의 거짓에 이렇게 속고 있었다니요."

"죄송합니다. 진즉 확인했어야 했는데 자꾸만 비용이 발생되는 것이 염려되어 그만. 그래도 설마, 이토록 중요한 일에 위조 진술서라니 아직도 믿기지가 않네요."

"그럼 이제 고등법원에서도 우리가 이길 수 있는 거지요?"

"확답은 못하겠지만 승산이 높은 것은 사실입니다."

"확실하게 쐐기를 박아야 할 텐데요. 자꾸 시간을 끌면 제가 정년 퇴직이 다가오거든요."

"아마 그렇기 때문에 저쪽에서도 항소하며 재판을 끌고 있는 것 같습니다. 지금 하고 있는 상황으로 봐서는 고등법원에서 우리가 승소해도 저쪽에서는 대법원에 상고할 가능성이 매우 큽니다."

필적 감정 결과를 받고 기뻐하던 김부장의 이마에 깊은 주름이 파였다. 변호사의 말을 듣자 또다시 걱정에 휩싸였다.

지금까지도 충분히 힘들었다. 그런데 또 대법원이라니.

"아무튼 이번 필적감정 결과가 큰 힘이 될 겁니다. 가뭄 끝의 단비라고 할까요? 하하하."

단비? 단비? 단비? 단비·비·비·비···. 갑자기 망치로 뒤통수를 얻어맞은 것처럼 김부장의 머리에 번쩍 섬광이 빛났다.

"비···비···비···."

김부장이 안절부절 혼란스러워하며 중얼거렸다. 변호사가 당황해서 물었다.

"네? 무슨···."

"비. 그걸 생각 못 했습니다. 비요."

"네? 비라니 무슨 비."

"그거요, 제가 김이설한테 우산 씌워주고 이상한 짓 했다는 거요. 여태껏 왜 그걸 생각 못 했는지 어이없네요. 당장 가 봐야겠어요."

"어딜 가신다는 겁니까?"

"다녀와서 말씀드리겠습니다. 그럼 이만."

김부장은 말을 마치기도 전에 변호사 사무실을 후다닥 뛰쳐나갔다.

49. 공원

　기상대가 있는 공원은 하릴 없이 시간을 보내려는 노인들이 가득했다. 그들을 헤치며 지나가자 수많은 시선이 쫓아왔다. 문득, 걸음을 늦추고 조심스런 눈길로 훔쳐봤다. 노인들만 있는 것이 아니다. 아직 한창 일할 나이로 보이는 장년들도 제법 보였다. 그들은 후줄근한 의복을 소라껍질처럼 두르고 그 속에서 눈빛만 번득이고 있었다. 그 눈은 무심함을 가장한 원망을 바깥세상으로 쏘아댔다.

　순간, 김부장의 억장이 무너지는 것 같다. 그들도 가족이 있을 거다. 그들도 누군가의 남편이고 아버지이며 아들일 텐데. 그 가족들은 가장이 또는 아들이 공원에서 방황하고 있는 것을 알고 있을까? 김부장은 그들의 형국이 남의 일 같지가 않다. 다리가 후들거려서 걷는 것도 힘들다. 근처의 공중화장실에 들어갔다. 잠시 변기에 앉은 채 숨 고르기 했다. 주위엔 쓰고 버린 화장지가 널브러져 있고 코끝을 마비시킬 것만 같은 악취가 가득했다. 김부장이 손을 씻으려고 할 때 청소부 아주머니가 들어와서 투덜거렸다.

　"니집 내집 할 것 없이 사내늠들 냄새란, 원."

　주위에 다른 사람은 없다. 김부장은 그 모든 난장판을 자기가 저지른 짓인 양 얼굴이 화끈거렸다. 그는 손을 씻다 말고 거울을 봤다. 또 한 사람의 노숙자가 그 속에서 자신을 노려보고 있다. 남의 형상을 비웃을 때가 아니다. 비쩍 마르고 머리털이 몽땅 빠진 거울 속의 노인은 다름 아닌 김부장 자신이었다. 비록 그가 입고 있는 양복은 말쑥했지만 그마저도 남의 것을 얻어 입은 것처럼 헐렁했다. 쪼그라진 그의 얼굴빛은 붉다 못해 흙빛이다.

그가 누명을 쓰고 갑자기 회사에서 쫓겨난 뒤 벌써 삼 년째에 접어들었다. 1심 재판에서 이기면 회사로 돌아갈 줄 알았다. 재판 결과를 갖고 확신에 차서 경찰서에 냈던 고소는 어디까지인지 그 끝을 알 수 없는 검찰의 압력으로 무혐의 처리되었다. 검찰이 하지 말라면 경찰은 수사를 할 수 없다는 얘기였다.

누명을 벗고자 시작했던 재판이다. 그가 경찰에 고소했던 것도 혹시나 있을지도 모르는 항소를 막기 위함이었다. 그럼에도 불구하고 2년이 훨씬 지난 지금까지 고등법원에서 재판중이다. 그는 가끔 생각했다. 그때 회사 측의 요구대로 그냥 협력회사의 부사장으로 갔더라면 어땠을까 하는. 비록 부끄러운 과거를 가진 채였겠지만 그래도 그의 가정은 안정되어 있었을지도 모른다. 그때는 아빠의 부끄러운 과거 때문에 딸들에게 피해가 갈 것이 두려웠다. 학교를 휴학하고 아르바이트로 생계를 돕고 있는 딸들의 현실이 그를 더욱 안타깝게 만들었다.

이미 고등법원의 심리가 여러 번 있었다. 퇴직한 동료들이 증인으로 나서기도 했다. 그런데도 상황은 나쁘게 전개되고 있다. 1심에서의 승리뿐이 아니다. 동료들의 개연성 있는 증언이 있어도 재판장의 표정은 너무나 시큰둥했다. 시큰둥이라기보다 시간이 지나가길 기다릴 뿐이라는 지루한 표정이다. 회사 측의 변호인인 법마을은 날이 갈수록 더욱 뻔뻔해졌다. 마치 자신의 그라운드에 들어선 먹잇감을 요리하듯이 서슴지 않는 발언으로 김부장을 비열하고 끔찍한 성범죄자로 만들어갔다. 점점 불안해졌다. 그렇다. 그들은 이미 재판결과를 결정해놓고 있는 것이다.

50. 기상대

기상일지 발급을 신청해놓고 기다리는 동안 심장이 오그라드는 것 같다. 김부장은 자신도 모르는 사이에 주기도문을 되뇌었다.

하늘에 계신 우리 아버지

이름이 거룩히 여김을 받으시며

나라에 임하옵시며

뜻이 하늘에서 이루어진 것 같이

땅에서도 이루어지이다.

오늘 우리에게 일용할 양식을 주시옵고

우리가 우리에게 죄 지은 자를 사하여 준 것 같이

우리 죄를 사하여 주옵시고

우리를 시험에 들지 말게 하옵시며

다만 악에서 구하시옵소서.

대개 나라와 권세와 영광이

아버지께 영원히 있사옵나이다.

아멘!

잊은 줄 알았다. 오래전 아내와 함께 교회에 나가면서 외웠던 것이다. 세상 속에서 부대끼며 복잡해진 머릿속에 그런 것이 남아있을 줄 몰랐다.

우리 죄를 사하여 주옵시고 우리를 시험에 들지 말게 하옵시며 다만 악에서 구하시옵소서.

김부장은 눈을 감은 채 주기도문을 되뇌며 간절히 기도했다.

"김준영씨, 여기 신청하신 2011년 8월과 9월의 기상 현황입니다."

서류를 받아드는 손이 마구 떨렸다. 직원이 의아한 표정으로 쳐다봤다.

"몸이 안 좋아 보이는데 도와드릴까요?"

직원이 친절하게 말했다.

"예, 고맙습니다. 제가 지금 잘 볼 수가 없는데, 그때 비가 왔었는지 좀 봐 주세요."

직원이 서류를 들여다봤다.

"2011년 8월과 9월에 인천지역엔 비가 내린 날이 별로 없어요. 8월 중순에 조금 내렸을 뿐 9월말까지 비다운 비는 내리지 않았어요."

눈이 번쩍 뜨이는 것 같다.

"비가 안 왔다고요? 어디 좀 주세요."

김부장이 서류를 돌려받아서 손으로 짚어가며 들여다봤다. 침침해져서 읽기 힘들던 글씨다. 갑자기 눈이 환해진 것 같다.

"아! 정말이네요. 고맙습니다. 정말 고맙습니다."

김부장이 직원에게 허리를 굽혀서 인사하고 또 인사했다. 그의 과도한 인사에 젊은 직원이 당황해했다.

"무슨 일인지는 모르지만 도움이 되었다니 저도 기쁘네요."

"도움이 되다마다요. 덕분에 일이 잘 풀릴 거 같습니다. 정말 고맙습니다."

기상대를 나오자마자 공원벤치에 앉아서 다시 한 번 기상일지를 들여다봤다. 손가락으로 일일이 짚어가며 글자 하나하나를 살폈다. 그렇다. 그의 기억이 맞았다.

김이설은 여름 휴가 기간이 끝난 뒤 사무실을 구경하고 싶다며 8월 16일 비가 오는 날에 찾아왔었다. 입사도 하기 전이다. 마침 점심시간이었다. 직원들과 모두 함께 회사 구내식당에 가서 점심식사를 했다. 김부장이 우산을 쓰고 앞장서서 걸었다. 김이설이 기다렸다는 듯이 김부장에게 다가와서 그의 팔을 잡았다. 왼손을 바지주머니에 넣고 오른손으로 우산을 들고 걷는 것이 김부장의 습관이다. 그는 팔을 잡힌 채 걷기가 불편했다. 마침 식당에 가고 있던 이부장을 만났다. 얼른 악수한다는 핑계로 팔을 뺐다. 점심을 먹고 나자 김부장은 식당 옆에 있는 매점으로 데려가서 분홍색 바탕에 선명한 검정색 물방울 무늬 우산을 사주며 김이설을 이전에 근무하던 사무실로 돌려보냈다.

우산을 같이 쓴 건 그때뿐이다. 김이설의 진술서에 따르면 그 후에도 김부장이 세 번이나 우산을 씌워달라고 강요했다는 것이다. 그런데 김이설이 진술서에 썼던 8월말과 9월초에는 이슬비조차 내린 기록이 없다.

기상대를 찾아서 공원에 올라올 때와는 완전히 다른 상황이다. 김부장은 민들레 홀씨처럼 어디로든 날아갈 수 있을 것 같은 기분이다.

'주님, 감사합니다. 감사합니다. 감사합니다.'

김부장은 그 자리에 앉은 채 자신도 모르게 끝없는 감사기도를 하고 또 했다.

51. 조정

　준비서면과 함께 필적감정서와 기상일지도 법원에 제출했다. 판사
가 결심한다고 했던 것이 다음 주다. 고등법원에서 전화가 왔다. 담당
판사가 바뀌었다며 결심을 일주일 뒤로 미룬다고 했다. 그토록 조작
의 흔적이 명백한데도 결심을 미뤄야 할 이유가 무엇일까. 결심을 앞
두고 판사는 왜 바뀐 걸까. 그가 찾아낸 증거가 효력이 있는 것일까.
김부장은 억겁의 세월처럼 긴 일주일을 보냈다. 그 긴 시간동안 그는
아내가 펼쳐준 성경의 욥기를 읽고 또 읽었다.

　**내가 가는 길을 그가 아시나니 그가 나를 단련하신 후에는 내가
순금 같이 되어 나오리라 내 발이 그의 걸음을 바로 따랐으며 내가
그의 길을 지켜 치우치지 아니하였고 내가 그의 입술의 명령을 어기
지 아니하고 정한 음식보다 그의 입의 말씀을 귀히 여겼도다.(욥기
23/10~11)**

　김부장은 자신의 결백을 믿었다. 뜻하지 않은 고난이 그를 덮쳤을
지라도 그는 자신의 양심을 믿었다. 최악의 고난을 당한 욥은 끝까지

하나님을 믿었다. 그런 욥에게 하나님은 더욱 더 큰 축복으로 위로했다. 그는 어떠했던가. 회사에서 승승장구 하는 것이 자신의 능력이라고 생각했다. 하나님은커녕 그를 위해서 기도해주는 가족도 잊고 있었다. 그가 어리석음을 깨닫고 돌아오기를 기다리던 하나님도 지쳤던 거다. 이제서야 그에게 닥친 고난이 우연한 것이 아니라는 것을 깨달았다. 그 동안 왜 몰랐을까. 자기 자신은 옳은 일만 한다고 생각했던 그 자체가 교만이었다. 다른 사람의 의견도 존중해야 했다. 무엇보다도 가족들의 마음을 헤아리지 않았다. 자신이 벌어오는 돈으로 부양하는 만큼 가족에게 해줘야 할 의무는 다 했다고 여겼다. 무슨 일이든 남편을, 아빠를 따라서 해야 한다고 가족들을 몰아세우다시피 했다는 것도 깨달았다. 돌아보니 참 많이 부족한 남편이었고 아빠였다. 그럼에도 불구하고 그가 어려움에 처했을 때 아무 말 없이 그를 감싸준 가족이다. 그는 부끄럽고 미안해서 눈이 붓고 얼굴이 벌겋게 부어오를 때까지 울었다.

법원에 가는 발걸음은 무쇠덩어리라도 매달린 듯 언제나 무겁다. 변호사와 로비에서 만나기로 했다. 오늘은 다른 날처럼 법정에 가는 것이 아니다. 어제 전화를 걸어온 사람은 침착한 음성의 여자였다. 그녀는 담당 판사가 바뀌었다며 자신을 소개하고는 그녀의 방으로 변호사와 함께 내방하라고 했다. 판결을 내리려는 것이 아니라 조정을 하려는 모양이다.

"마지막으로 제출한 필적감정서와 기상일지가 효과적이었던 거 같습니다. 여기 분위기는 뭐랄까요, 저도 법조인인 것이 부끄러울 정도로 일반인의 생각과는 다릅니다. 그들만의 문화와 가치관이라고나 할까요. 아무튼 우리가 생각하는 것과는 다르다는 것을 아셔야 합니다."

엘리베이터를 타고 부장판사실로 가는 동안 변호사가 한 말이다. 그들만의 문화라? 대체 무슨 말을 하려는 걸까. 그 의미를 곱씹는 김부장의 머리가 복잡하다.

판사는 김부장이 생각했던 것보다 젊었다. 블랙의 무채색 수트를 입은 판사가 회의탁자에 앉아서 기다리고 있었다. 그녀는 김부장 일행에게 의자에 앉기를 권하고 차분하게 말을 꺼냈다.

"사건에 관한 모든 것을 잘 읽어봤습니다. 이런 사건은 그야말로 코에 걸면 코걸이, 귀에 걸면 귀걸이라고 하잖습니까? 김준영씨의 억울한 심정은 충분히 이해가 갑니다. 그렇지만 이 사건이 대법원까지 가면 꼭 이긴다고 보장할 수 없어요."

"아니 어떻게? 판사님, 조작했다는 증거가 명백한데 어떻게 그럴 수 있나요?"

"네, 김준영씨 입장은 충분히 이해가 갑니다. 그렇지만 한 사무실에서 여직원들하고만 근무한 건 맞잖아요. 아닌가요?"

"그건 그렇지만…."

"바로 그 점이에요. 김준영씨가 제출한 증거들이 아니더라도 성희롱이라는 실체가 없다는 건 충분히 알아요. 그렇지만 정황상으로 볼 때는 여직원들만 있는 사무실에 김준영씨가 있었던 것이 맞고, 여직원들의 주장대로 무슨 일이 있었는지는 아무도 몰라요. 그러니 여직원들이 그랬다고 하면 그런 것이 되는 거지요."

"…"

그때 비서가 들어와서 피고측이 도착했다고 알렸다.

"기다리라고 하세요."

여판사는 고개를 돌리지 않고 눈도 깜빡하지 않고 말했다. 그녀는 김부장을 똑바로 바라봤다.

"법이라는 게 그런 거예요. 지금까지 김준영씨가 제출한 증거만으로도 진술서에 있었던 성희롱은 엉터리가 맞아요. 그렇지만 성희롱이란 건 말이죠, 같은 공간에서 불쾌한 상태로 있었다는 것만으로도 성립될 수가 있다는 겁니다. 더욱이 객관적으로 볼 때 김준영씨는 직속상관이고 여직원들은 김준영씨 말을 거역할 수 없는 약자거든요."

"어떻게 그럴 수가…"

"물론 억울할 거예요. 악법도 법이라는 말이 괜히 나왔겠어요. 그러니 좀 억울해도 배상을 받고 이쯤에서 끝냈으면 해요."

"배상이라니요? 그럼 복직을 포기하라는 겁니까?"

"미안하지만 저쪽에서는 배상도 못하겠고 끝까지 가겠다고 합니다. 그게 현실입니다."

김부장은 망연한 상태로 말을 잇지 못했다.

"김준영씨가 설사 조정을 받아들여도 저쪽에서 거절하면 어쩔 수 없어요. 이제부터 저는 저쪽 사람들과 조율해야 합니다. 전화로 얘기해 봤지만 받아들일 수 없다고 펄펄 뛰더군요. 그러니 변호사님과 잘

상의해 보세요."

김변호사와 함께 판사실을 나왔다. 법마을 변호사와 박과장이 복도에 앉아있었다. 그들은 서로를 외면한 채 스쳤다.

엘리베이터를 타고 한 층을 더 올라가자 테이블과 소파가 놓여있는 넓은 휴게공간이 있다. 매점은 없고 한쪽 구석에 자판기만 놓여있는 것이 일반 휴게실과 다를 뿐이다. 언뜻 봐도 꽤 넓은 공간인데 사람은 그들뿐이다. 아하, 다른 사람의 방해 없이 조정을 위한 대화를 나누라는 거로구나. 김부장은 현재의 상황이 저들의 음모가 아닐까 싶은 의구심이 문득 들었다. 혹시? 김변호사도 저들의 계략에 포섭된 것은 아닐까? 아닌 게 아니라 오늘은 웬지 김변호사가 주눅이 든 것처럼 자신 없는 모습이다.

김변호사가 먼저 말을 꺼냈다.

"선택은 부장님께서 하시는 겁니다. 솔직히 이번 재판에서 승산이 높은 것은 사실입니다. 그러나 안했는데도 굴뚝에 연기가 왜 나겠냐는 것이 사회통념 아닙니까? 우리 사회가 성희롱이나 성추행이라는 말만 들으면 일단 그 진위여부는 제쳐두고 여성을 피해자라고 생각하는데도 문제가 있지요. 더욱이 요즘엔 성희롱과 관련된 사안이 발생하면 일벌백계하겠다는 것이 정부의 의지이기도 해요. 그러니 좀 전에 판사님도 말했지만 만약이라는 것이 있는 거지요. 어디에 잣대를 두고 판결하느냐가 문제입니다."

"그러니 저더러 어쩌라는 겁니까? 이대로 복직을 포기하고 돈만 받으라는 그런 얘기지요?"

"솔직히 저로서도 분한 마음과 억울한 심정이 있는 것이 사실입니다. 모든 정황과 증거로 볼 때 분명히 승산이 있고요. 그렇지만 지금 저쪽의 행태로 볼 때 이번에 우리가 이기더라도 대법원에 상고할 것이 불 보듯 뻔합니다. 말씀드리기 죄송하지만 이미 정년퇴직 시기가 지났으니 회사에 복귀하는 것도 어렵게 됐고요. 그때 가서 대법원에서 어떤 결과가 나올지 그것도 염려되지만 시간을 오래 끌면 무엇보다도 부장님의 정상적인 사회복귀가 염려스럽습니다. 게다가 부장님의 가족도 생각하셔야지요. 자세한 사항은 저도 모르지만 생계비도 염려해야 할 때가 아닌가 싶습니다."

김변호사의 눈빛엔 안타까움이 간절했다. 그렇다. 가족. 그동안 가족들의 고통을 알면서도 외면했다. 자신의 명예를 회복하고 싶다는 열망 때문에 일부러 모른척했다. 지난 삼 년 동안 아내가 무엇으로 어떻게 생계를 꾸리는지 알려고도 안했다. 아내는 말이 없었고 그는 묻지 않았다. 시험에 들지 말게 하옵시며 다만 악에서 구하시옵소서. 문득 주기도문의 구절이 떠올랐다. 다만 악에서 구하시옵소서 다만 악에서 구하시옵소서. 이 지겨운 싸움에서 벗어나고픈 마음이 간절했다. 다만 악에서 구하시옵소서. 판사가 권하는 대로 그동안 밀린 급여를 받고 그만둬야 할까. 그게 옳은 걸까. 김부장은 요즘 부쩍 말이 없어진 아내를 떠올렸다. 기가 죽은 채 아빠의 눈치만 보는 딸들을 떠올렸다. 자신의 명예를 회복하고 싶었던 김부장이다. 그런데 가족들이 고통 받고 있다. 가장의 명예를 대신지고 사람들의 시선을 기피하면서 피폐해져 가는 가족들이다. 김부장은 이를 악물고 가슴으로 주기도문을 되뇌었다.

그래, 이제 그만 놓자. 다만 악에서 구하시옵소서.

"알겠습니다. 받아들이도록 하지요."

"잘 생각하셨어요. 대기업을 상대로 해서 이 정도의 조정을 받았다는 것 자체가 이긴 거나 마찬가지입니다."

이미 세상에 대한 불신이 깊은 김부장에게 자신도 법마을의 회유를 받은 적이 있다는 말을 김변호사는 차마 하지 못했다.

52. 에필로그

재판을 마치고도 여러 달 동안 일 없이 빈둥거려야 했다. 재판을 하는 동안은 복직할 희망에 실업자라는 걸 생각하지 못했다. 그러나 재판부의 조정을 받아들이고 나니 그야말로 백수 신세였다. 배상으로 받은 밀린 임금은 그대로 아내에게 줬다. 아내가 눈물을 글썽이며 그의 손을 잡았다.

찾아보면 일자리는 금세 생길 줄 알았다. 그 또한 오만이었다는 걸 깨달았다. 일자리를 찾는 사람은 남녀노소 숱하게 많았다. 환경업체에서 난생처음 노가다라는 걸 시작했다. 사람들은 슬러지라고 불렀다. 환경쓰레기를 처리하는 건 진동하는 냄새 때문에도 구토와 함께 뼈가 끓어지는 것 같은 고통이었다.

출근이라는 걸 해본 지가 얼마만이던가. 그나마 일자리가 생겼다는 것에 감사하며 김부장은 하루도 빠지지 않고 출근했다. 사장이 그런 그를 눈여겨보았던 모양이다. 어느 날 사장이 불렀다. 그동안 공석이었던 관리부장직을 맡겼다. 비정규직 노동자가 하루아침에 회사의 모든 것을 총괄하는 관리부장이 된 것이다. 물론 김준영이 예전에 일

했던 대기업과는 비교할 수 없지만 다른 사람들이 보기에 천지개벽
할 일이다. 그는 틈틈이 입술을 움직이며 주기도문을 되뇌었다.

오늘 우리에게 일용할 양식을 주시옵고

우리가 우리에게 죄 지은 자를 사하여 준 것 같이

우리 죄를 사하여 주옵시고

우리를 시험에 들지 말게 하옵시며

다만 악에서 구하시옵소서.

글로넷은 회사 자체가 공중분해 되었다. 그룹차원에서 사건의 전
모를 밝히려고 하자 김이설이 돌연 호주로 떠났다고 했다. 그녀는 여
행 비자로 가서 돌아오지 않았다. 그러는 사이 사건의 주모자들은 모
두 회사에서 쫓겨났다. 김부장을 모함에 빠트렸던 성낙양도 이전무
도 그리고 A중공업의 최상무도 어느 날 갑자기 통보를 받고 사직했
다. 박과장은 대리로 강등되었다고 아직도 A중공업에 근무하고 있는
하부장이 전해줬다. 하부장은 인과응보라며 통쾌해 했다. 박지선은
고향인 부산으로 갔다. 천경은은 A중공업으로 배속되었다. 사람들은
그녀가 청소부의 딸인 점을 속여서 불쾌한 것이 아니라 그녀의 배은
망덕을 흉본다고 했다. 그녀는 사람들의 손가락질에도 아직은 근무
하고 있다.

"여보, 나 다녀올게."

"운전 조심하세요."

　김부장은 현관에서 배웅하는 아내를 뒤로 하고 가벼운 걸음으로 계단을 내려갔다. 자동차 시동이 가뿐하게 걸렸다.

(끝)

소설을 마치며…

처음 쓰기 시작했을 때는 세상의 부조리와 조직적인 음모에 인간이 얼마나 나약하고 쉽게 무너질 수 있는지, 조직이란 이름으로 무심히 행해지는 일들이 개인의 인격과 생활, 그리고 가정을 얼마나 피폐하게 만들 수 있는지를 고발하고 싶었다.

그러나 소설을 이어가면서 도리어, 평소에는 늘 옆에 있어서 그 소중함을 모르던 '행복' '안녕'이라는 언어의 가치를 생각하게 되었다. 무엇보다도 사람과 사람의 관계를 돌아보고 그들 사이에 '사랑'이 존재한다면 시련 또한 극복할 수 있다는 것도 새삼스레 깨닫는 계기였다.

이 소설을 쓰는 내내 김준영과 아픔을 나누려 했고, 그의 상처를 보듬어보려고 했지만, 그조차 내가 만들어 놓은 나만의 잣대로 보려고 했던 것은 아니었는지 되돌아보며 아쉬움이 남는다.

김준영의 시련은 그만의 아픔이 아니라 이 사회 가장들의 시련이고, 정직하고 바르게 살고자 하는 이들의 고난이다.

지금 이 순간에도 남몰래 숨죽이며 아픔을 삭이고 있을 이 사회의 희생자들에게, 이 글이 미약한 힘이라도 되어줄 수 있으면 좋겠다는 아주 작은 바램을 가져본다.

소설을 연재하는 3년 동안, 내내 곁에서 격려해준 가족들에게도 감사하다는 인사를 하고 싶다.

무엇보다도 언제 어느 곳에서나 항상 내게 힘이 되어주시고, 끝까지 마칠 수 있도록 도와주신 하늘에 계신 주님께 감사드린다.

2017년 시월에
김택란

김택란 장편소설

거미줄 위의 남자

초판 인쇄 2017년 11월 11일
초판 발행 2017년 11월 20일

지은이 김택란
펴낸이 朴明淳
펴낸곳 문학시티

주 소 04558 서울시 중구 창경궁로 1길 29 (3F)
전 화 02-2272-2549
이메일 munhakmedia@hanmail.net
공급처 정은출판(02-2272-9280)

ISBN 978-89-91733-48-0 (03810)
값 12,000원